A SOLUÇÃO FINAL

MICHAEL CHABON

A solução final
Uma história de investigação

Tradução
Alexandre Barbosa de Souza

Copyright © 2004 by Michael Chabon

Grafia atualizada segundo o Acordo Ortográfico da Língua Portuguesa de 1990, que entrou em vigor no Brasil em 2009.

Título original
The final solution – A story of detection

Capa
Flávia Castanheira

Foto de capa
© De Agostini/ Getty Images

Preparação
Fabíola Cristófoli

Revisão
Daniela Medeiros
Carmen S. da Costa

Os personagens e as situações desta obra são reais apenas no universo da ficção; não se referem a pessoas e fatos concretos, e sobre eles não emitem opinião.

Dados Internacionais de Catalogação na Publicação (CIP)
(Câmara Brasileira do Livro, SP, Brasil)

Chabon, Michael
    A solução final / Michael Chabon ; tradução Alexandre
Barbosa de Souza. — São Paulo : Companhia das Letras, 2009.

    Título original: The final solution : a story of detection.
    ISBN 978-85-359-1568-6

    1. Ficção norte-americana I. Título.

09-10497   CDD-813

Índice para catálogo sistemático:
1. Ficção : Literatura norte-americana 813

[2009]
Todos os direitos desta edição reservados à
EDITORA SCHWARCZ LTDA.
Rua Bandeira Paulista 702 cj. 32
04532-002 — São Paulo — SP
Telefone (11) 3707-3500
Fax (11) 3707-3501
www.companhiadasletras.com.br

À *memória de Amanda Davis, primeira leitora destas páginas.*

A diferença é sempre sutil entre descobrir e inventar.
Mary Jo Salter

1.

Um menino com um papagaio no ombro vinha caminhando pelo trilho do trem. Vinha num passo sonhador e levava uma margarida na mão. A cada passo o menino arrastava a ponta do pé no leito da ferrovia, como se medisse a viagem com cuidadosas marcações do sapato nos pedregulhos. Era o auge do verão, e algo no cabelo preto e no rosto pálido do menino em contraste com a bandeira tremulante das colinas verdes ao fundo, o olho branco da margarida girando, os joelhos protuberantes naquelas calças curtas, o ar de importância do belo papagaio cinza com penas vermelhas na cauda, atraiu o velho que os via passar. Atraiu, ou despertou seu faro — uma faculdade outrora reputada em toda Europa — com a promessa de uma anomalia.

O velho descansou o último número do *Jornal do Apicultor Britânico* sobre a manta de lã Shetland, aberta sobre seus próprios joelhos protuberantes mas longe de serem atraentes, e trouxe os longos ossos da face mais perto da janela. A ferrovia — um ramal da linha Brighton-Eastbourne, eletrificado no final dos anos 20 com a consolidação das estradas da Southern Railway

— estendia-se por um aterro de uns cem metros em direção ao norte da casa, entre os mourões de uma cerca de arame farpado. O velho fitava através de um vidro antigo, cheio de ranhuras e bolhas que distorciam e brincavam com o mundo lá fora. Contudo, mesmo através dessa distorção da janela, o velho teve a impressão de nunca antes ter posto os olhos em duas criaturas tão íntimas quanto aquelas, desfrutando com parcimônia uma tarde ensolarada de verão.

Ele também ficou surpreso, com sua aparente quietude. Parecia-lhe mais do que provável que, numa dupla formada por um papagaio africano cinzento — espécie sabidamente prolixa — e um menino de nove ou dez anos, num dado momento qualquer, um dos dois estivesse falando. Ali estava outra anomalia. Quanto ao que aquilo prometia, o velho — embora outrora tivesse conquistado fortuna e reputação com uma longa e brilhante série de extrapolações a partir do agrupamento de fatos improváveis — não poderia, jamais, começar a fazer previsões.

Quando estava quase chegando à linha paralela da janela do velho, cerca de uma centena de metros adiante, o menino parou. Virou suas costas estreitas para o velho como se pudesse sentir seu olhar sobre ele. O papagaio olhou de relance primeiro para o leste, depois para oeste, com um olhar estranhamente furtivo. Alguma coisa estava para acontecer ao menino. Um arquear dos ombros, uma flexão auspiciosa dos joelhos. Era algo misterioso — longínquo no tempo mas bastante familiar — sim —

— a engrenagem desdentada se encaixou; o Steinway intocado soou: *o trilho condutor.*

Mesmo numa tarde opressiva como essa, em que o frio e a umidade não afetavam as juntas de seu esqueleto, poderia ser uma empreitada longa, se realizada de modo adequado, erguer-se de sua poltrona, lidar com a barafunda de pilhas instáveis de objetos de um rematado solteirão — jornais tanto baratos quanto de qualidade, calças, pomadas e remédios para o fígado, anais eruditos e periódicos trimestrais, pratos com migalhas — que tornavam ardilosa a travessia de sua saleta, e abrir sua porta da frente para o mundo. De fato, a assombrosa perspectiva da viagem da poltrona até o umbral da porta estava entre as razões para sua falta de trato com o mundo, nas raras ocasiões em que o mundo, pegando com cuidado a aldrava de latão forjada na forma hostil de uma gigantesca *Apis dorsata*, vinha chamá-lo. Para nove entre dez visitantes, ele continuaria sentado, ouvindo os murmúrios e resmungos diante da porta, lembrando-se de que havia poucas pessoas por quem voluntariamente arriscaria tocar a ponta do chinelo no tapetinho da lareira e desperdiçar o escasso restante de sua vida tocando a pedra fria do chão. Mas quando o menino com o papagaio no ombro se preparava para unir seu próprio modesto feixe de elétrons à torrente que passava pelo trilho condutor, ou terceiro trilho, da usina da Southern Railway em Ouse, na região de Lewes, o velho se ergueu da poltrona com uma vivacidade tão inaudita que os ossos de seu quadril esquerdo rangeram de modo perturbador. A manta do colo e o jornal deslizaram para o chão.

Ele hesitou por um momento, tateando em busca do trinco, embora ainda tivesse que atravessar todo o cômodo para alcançá-lo. Seu precário sistema arterial esforçou-se para subitamente abastecer o cérebro estratosférico com o sangue necessário. Seus ouvidos zumbiram, os joelhos doeram e seus pés foram atacados de formigamento. Inclinou-se, com uma pressa que o surpreendeu de tão positivamente vertiginosa, em direção à porta e escancarou-a, de tal modo que acabou machucando a unha de seu indicador direito.

"Ei, menino!", exclamou, e até aos próprios ouvidos sua voz soou rabugenta, sibilante, até com um toque demencial. "Pare imediatamente!"

O menino se virou. Com uma das mãos ele segurou a braguilha da calça. Com a outra ele jogou a margarida no chão. O papagaio deslocou-se no ombro do menino e subiu por trás de sua cabeça, como se procurasse abrigo. "Por que você acha que tem uma *cerca* aí?", disse o velho, ciente de que as cercas não eram conservadas desde que a guerra começara e estavam em péssimas condições ao longo de mais de quinze quilômetros nas duas direções. "Tenha dó, você vai ficar igual a um peixe frito!" Enquanto cambaleava pelo jardim da entrada em direção ao menino sobre os trilhos, nem reparou no ritmo selvagem de seu coração. Ou talvez tenha reparado com ansiedade e encobriu esta ansiedade com um comentário duro. "Só de pensar no *fedor*..."

Descartada a flor, valores restaurados num átimo aos compartimentos devidos, o menino ainda permanecia imóvel. Fez para o velho uma cara tão lívida e vazia quanto a caneca de lata de um mendigo. O velho podia ouvir o entrechoque seco das latas de leite na fazenda do Satterlee a um quarto de milha dali, o burburinho da agitação das andorinhas sob o próprio beiral, e, como sempre, o incessante maquinar das colmeias. O menino deslocou o peso para o outro pé, como em busca de uma reação apropriada. Abriu a boca e tornou a fechá-la. Foi finalmente o papagaio quem falou.

"*Zwei eins sieben fünf vier sieben drei*", disse o papagaio, numa voz macia, estranhamente ofegante, discretamente cicianate. O menino parou, como se ouvisse a declaração do papagaio, embora sua expressão não ficasse mais intensa ou se complicasse. "*Vier acht vier neun eins sieben.*"

O velho piscou. Os números em alemão foram tão inesperados, literalmente descabidos, que por um momento registraram-se apenas como uma série de ruídos misteriosos, um bárbaro discurso aviário desprovido de qualquer sentido.

"*Bist du deutscher?*", por fim conseguiu dizer o velho, por um instante indeciso entre dirigir-se ao menino ou ao papagaio. Fazia trinta anos que ele não falava alemão e sentiu as palavras tombarem de uma prateleira dos fundos de sua mente. Com uma primeira centelha de emoção no olhar, cautelosamente o menino fez que sim com a cabeça.

O velho enfiou o dedo machucado na boca e chupou-o sem perceber muito bem que o fazia, sem sentir o sabor salgado do próprio sangue. Encontrar um alemão solitário, em South Downs, em julho de 1944, e um menino alemão ainda — eis um enigma digno de reacender velhos apetites e energias. Ele ficou satisfeito consigo mesmo por ter levantado seu esqueleto torto do abraço traiçoeiro da poltrona.

"Como você chegou aqui?", disse o velho. "Aonde você vai? Por tudo o que é mais sagrado, diga, de onde você vem com esse papagaio?" Depois ofereceu traduções para o alemão, com qualidade variável, de cada uma dessas perguntas.

O menino ficou parado, sorrindo um pouco enquanto coçava atrás da cabeça do papagaio com dois dedos sujos. A densidade de seu silêncio sugeria algo mais do que uma simples falta de vontade de falar; o velho começou a imaginar se o menino não seria nem tanto alemão, mas deficiente mental, incapaz de fazer sons ou sentido. O velho teve uma ideia. Ele ergueu a mão diante do garoto, pedindo que esperasse ali mesmo onde estava. Então retirou-se novamente para dentro da escuridão de sua casa. Num armário de canto, atrás de um balde para carvão amassado, onde uma vez ele havia guardado seus cachimbos, encontrou uma lata enferrujada de balas roxas, embaladas com um retrato de um general britânico, cuja maior vitória havia muito perdera qualquer relevância para a atual situação do Império. Nas retinas do velho flutuaram borrões e girinos bordados com memórias da luz de verão e o luminoso fantasma invertido de um menino com um papagaio no ombro. Teve uma súbita visão de si mesmo, do ponto de vista do menino, como uma espécie de ogro irascível, surgindo das trevas de sua casa de campo com telhado de palha, como se saísse de um conto dos irmãos Grimm, segurando em sua mão de garra, ossuda, uma lata enferrujada de balas suspeitas. Ficou surpreso e também aliviado ao encontrar o menino ainda parado ali quando voltou.

"Tome aqui", disse ele, estendendo a lata. "Lá se vão muitos anos, mas no meu tempo costumava-se dizer que o doce é uma espécie de esperanto juvenil." Deu um riso forçado, indiscutivelmente disforme, um riso de ogro. "Vamos. Pegue uma bala, não quer? Isso, venha. Bom rapaz."

O menino concordou e cruzou o caminho de areia da entrada para pegar o confeito da lata. Ele se serviu de três ou quatro pequenas drágeas, depois fez um gesto solene de agradecimento. Mudo, portanto; algo errado com seu aparato vocal.

"*Bitte*", disse o velho. Pela primeira vez em muitos e muitos anos, ele sentiu aquela antiga aflição, mescla de impaciência e prazer, diante da bela relutância do mundo em revelar seus mistérios. "Agora", ele continuou, lambendo os lábios secos com a típica brutalidade dos ogros, "conte-me como você veio parar tão longe de casa."

As balas chocalhavam feito contas de vidro nos pequenos dentes do menino. O papagaio forçava delicadamente seu bico cor de grafite em meio aos cabelos dele. O menino suspirou, encolhendo-se em desculpas que momentaneamente dominaram seus ombros. Então virou-se e voltou pelo caminho por onde viera.

"*Neun neun drei acht zwei sechs sieben*", disse o papagaio, enquanto iam embora dentro da vastidão verde e cintilante da tarde.

2.

O jantar de domingo à mesa dos Panicker era tão rodeado de esquisitices que o senhor Shane, o recém-chegado, despertou suspeitas em seu colega inquilino, o senhor Parkins, simplesmente por parecer não reparar em nenhuma delas. A passos largos, ele entrou na sala de jantar, um sujeito corpulento, rubicundo, que fez as tábuas do assoalho rangerem vigorosamente ao pisá-las e que parecia agudamente ressentir a falta de um cavalo entre as pernas. Usava o cabelo cor de sépia cortado rente ao couro cabeludo e havia algo indefinidamente colonial, um eco anasalado de caserna ou mineração aurífera, em sua fala. Com um movimento da cabeça, cumprimentou Parkins, o pequeno refugiado, e Reggie Panicker, e montou em sua cadeira feito um menino nas costas de um colega pronto para correr pelo gramado. Imediatamente, entabulou uma conversa com o velho Panicker sobre rosas americanas, assunto acerca do qual, como deliberadamente admitia, ele nada sabia.

Um profundo reservatório de prudência, ou um déficit patológico de curiosidade, supôs Parkins, talvez pudessem explicar a quase total ausência de interesse que o senhor Shane, que se apresentara como um representante dos equipamentos de ordenha da Chedbourne & Jones, de Yorkshire, parecia ter pela natureza de seu interlocutor, o senhor Panicker, que não só era um malaiala de Kerala, preto como um coturno, como também vigário dos velhos ritos da Igreja anglicana. Polidez ou estupidez, quem sabe, talvez também o impedissem de observar os modos lamentáveis de Reggie Panicker, o filho marmanjo do vigário, que abria um furo imenso na toalha de renda com a ponta de sua faca de peixe, assim como a presença à mesa de um menino mudo de nove anos, cujo rosto parecia uma página em branco do livro das tristezas humanas. Mas foi a pouca atenção que o senhor Shane prestou ao papagaio do menino que tornou impossível ao senhor Parkins tomar o novo inquilino pelo que ele se dizia ser. Ninguém podia ser imune ao interesse intrínseco do papagaio, mesmo se, como fazia agora, o pássaro apenas recitasse versos e trechinhos de Goethe e Schiller, decorados por qualquer estudante alemão de sete anos. O senhor Parkins, que, por razões só a ele pertinentes, vinha mantendo o cinzento pássaro africano sob cuidadosa observação, imediatamente viu no novo inquilino um adversário em potencial em sua presente missão de solucionar o mais profundo e torturante mistério que envolvia o notável pássaro africano. Evidentemente, Alguém Importante já havia ouvido falar daqueles números e enviara o senhor Shane para ouvir por si mesmo.

"Bem, aqui está." A senhora Panicker abalou-se sala de jantar adentro, trazendo uma sopeira Spode de porcelana. Ela era uma mulher grandalhona, comum e loira, de Oxfordshire, cuja decisão terrivelmente ousada de se casar há trinta anos com o ministro assistente de seu pai, um indiano de olhos negros, rendera frutos muito mais pálidos do que os papaias maduros e rosados que ela, respirando o perfume do óleo para cabelos do senhor K. T.

14

Panicker, numa noite quente de verão em 1913, se permitira prever. Mas sua mesa era excelente, merecedora da preferência de muito mais comensais do que a família Panicker atualmente gostaria de ter. A vida era apertada. O vigário negro, impopular na localidade, os paroquianos, pão-duríssimos, e a família Panicker, apesar dos gastos parcimoniosos e austeros da senhora Panicker, desconfortavelmente pobre. Apenas a horta fartamente provida e o traquejo culinário da senhora Panicker tornavam possível uma boa sopa fria de pepino e caldo de carne como a que agora era oferecida, erguendo-se a tampa da sopeira, ao senhor Shane, por cuja presença na casa, com dois meses de aluguel adiantados, ela se mostrava visivelmente grata.

"Bem, desta vez eu estou avisando antes, jovem Steinman", disse ela enquanto despejava uma concha de um creme verde claro, manchado de esmeralda, no prato do menino, "isso é uma sopa *fria* mesmo, como deve ser." Ela olhou para o senhor Shane, franzindo o rosto, embora mantivesse em seus olhos ainda um distante brilho de satisfação. "Semana passada, o menino derramou sopa na mesa inteira, senhor Shane", continuou. "Estragou a melhor gravata do Reggie."

"Se fosse só isso que esse menino estragou", disse Reggie, detrás de sua colher de sopa de pepino. "Quem dera fosse só a gravata."

Reggie Panicker era o desespero dos Panickers e, como muitos filhos que traem até as mais modestas aspirações de seus pais, também uma calamidade para a vizinhança. Era um jogador, mentiroso, um insatisfeito crônico e um dedo-duro. Antes de se dar conta de que Reggie trapaceava na cartas, Parkins — demonstrando o que agora lhe parecia uma certa grossura de espírito — perdera um par de abotoaduras de ouro, uma caixa de pontas de caneta, doze xelins, seu amuleto da sorte, uma ficha clarinha de cinco francos do Casino Royale de Mônaco. "E quantos anos vocês acham que o jovem Steinman deve ter?", disse o senhor Shane, aproximando dos olhos distantes do judeuzinho o reluzente heliógrafo de seu sorriso. "Nove, não? Você tem nove anos, mocinho?"

No entanto, como sempre, dentro da cabeça de Linus Steinman aquelas expectativas não encorajavam nenhuma resposta. O sorriso passou despercebido. O menino pareceu, na verdade, não ter escutado a pergunta, embora Parkins fazia tempo já soubesse que não havia nada de errado com sua audição. Ele se assustava de repente com o barulho de um prato. O dobre do sino na torre da igreja enchia aqueles grandes olhos escuros de lágrimas inexplicáveis.

"Você não vai conseguir respostas desse aí", disse Reggie, enfiando o resto da sopa na boca. "Esse aí é mudo como uma porta."

O menino baixou os olhos para a sopa. Franziu o cenho. Era visto pela maior parte dos moradores daquela paróquia, e em toda a vizinhança, como não anglófono e muito provavelmente imbecil. Mas Parkins tinha suas dúvidas quanto a ambas as classificações.

"O jovem Steinman veio da Alemanha até nós", disse o senhor Panicker. Era um homem erudito, cujo acento de Oxford tingia-se de uma desapontada cadência do subcontinente. "Ele fazia parte de um pequeno grupo de crianças, a maioria judia, cuja imigração para a Grã-Bretanha foi negociada pelo senhor Wilkes, o vigário da nossa igreja em Berlim."

Shane assentiu com a cabeça, boquiaberto, os olhos piscando lentamente, feito um jogador de golfe fingindo desfrutar por pura cortesia de uma palestra improvisada sobre mitose celular ou números irracionais. Ao que parecia, podia muito bem nunca ter nem ouvido falar em Alemanha ou em judeus, ou, no caso, de vigários ou crianças. O ar de tédio profundo instalado em sua expressão parecia perfeitamente natural para eles. Contudo, o senhor Parkins desconfiava daquele ar. O papagaio, cujo nome era Bruno, agora estava declamando o *Erlkönig* de Goethe, suave, até alguém poderia dizer que delicadamente, com sua voz aguda, hesitante. Embora inexpressiva, a récita do pássaro tinha uma pungência infantil que não ficava mal com o assunto do poema. E mesmo assim o novo inquilino nem reparou no papagaio.

O senhor Shane olhava para o menino, que baixava os olhos para a sopa, encostando só a ponta da colher naquele creme pálido no prato fundo. Pelo que Parkins havia observado — e ele era um agudo e cuidadoso observador — o menino só comia com prazer doces e bolos.

"Os nazistas, não é?", disse Shane. Sacudiu a cabeça com moderação. "Que coisa. Os judeus se deram muito mal, se você pensar bem." Saber se o menino ia ou não cuspir a sopa que colocara na boca parecia interessá-lo muito mais do que os judeus nos campos de concentração. O menino fez uma careta, unindo as duas sobrancelhas grossas. Mas a sopa continuou a salvo em sua boca, e por fim o senhor Shane pôde dedicar-se a terminar a própria porção. Parkins achou que aquele assunto chato e desagradável tinha encerrado.

"Certamente não é lugar para uma criança", disse Shane. "Um campo daqueles. Nem tampouco, penso eu...", ele descansou a colher e, com uma sagacidade que surpreendeu o senhor Parkins, ergueu os olhos para o canto da sala onde, no alto de um pesado poleiro de ferro, agarrado a um pedaço de pau escalavrado, com páginas do dia anterior do *Express* espalhadas por baixo, o papagaio Bruno devolvia-lhe criticamente o olhar, "que dirá para um papagaio."

Ah, pensou o senhor Parkins.

"Então, para você, uma cabana desgraçada nesse fim de mundo de Sussex é um bom lugar para um pássaro africano?", disse Reggie Panicker.

O senhor Shane pestanejou.

"Por favor, o senhor perdoe a indelicadeza de meu filho", disse o senhor Panicker, suspirando e largando a colher, embora seu prato ainda estivesse pela metade. Se algum dia ele chegou a reprimir as constantes grosserias do filho único, isso foi antes do tempo de o senhor Parkins morar na casa. "A verdade é que todos nós começamos a gostar muito do pequeno Linus e do seu bicho de estimação. E, de fato, Bruno é um animal notável. Ele recita poemas, como você acabou de ouvir. E canta algumas canções. É um mímico de muito talento e já assustou a minha mulher algumas vezes imitando os meus espirros, que talvez sejam um pouco exagerados."

"É mesmo?", disse o senhor Shane. "Bem, senhor Panicker, espero que o senhor não se importe que eu diga que, com as suas rosas e esse rapazote com o papagaio, creio ter vindo parar numa casa deveras interessante."

Ele observava o pássaro, a cabeça inclinada para um lado de um jeito que imitava, sem dúvida inconscientemente, o ângulo preferido de Bruno ver o mundo.

"E ele canta, não é mesmo?"

"Sim, canta. Principalmente em alemão, embora, às vezes, a gente ouça uns trechos de Gilbert & Sullivan. Basicamente da *Iolanthe* se não me engano. Das primeiras vezes foi muito impressionante."

"Mas é só um número — *papagaiada*, não é?", sorriu discretamente o senhor Shane, como se, com falsidade segundo o senhor Parkins, não soubesse que a brincadeira não teve graça. "Ou será que ele é capaz de pensar de verdade, o que vocês acham? Uma vez vi um porco, quando eu era criança, um porco artista, que acertava a raiz quadrada de números de três algarismos."

Enquanto dizia isso, seu olhar pairou brevemente, e pela primeira vez, sobre Parkins. Tal fato, embora parecesse confirmar as suspeitas do senhor Parkins acerca do novo inquilino, deixou-o também perturbado. Pelo que se sabia dele na vizinhança, não havia motivos para relacioná-lo com esse assunto de dígitos e números. A suspeita de que o senhor Shane fora enviado por uma Certa Pessoa para observar Bruno acima de tudo, o senhor Parkins considerava confirmada.

"Números", disse o senhor Panicker. "Muito estranho, parece que Bruno gosta mesmo deles, não é, senhor Parkins? Está sempre tagarelando sequências e listas de números. Em alemão, naturalmente. Mas não sei se eles fazem algum sentido."

"Não? Eles não me deixam dormir", disse Reggie. "Para mim, esse é o sentido que fazem. Isso é mais do que *impressionante* para mim, na verdade."

Nessa altura, a senhora Panicker voltou para a sala trazendo o peixe num prato verde-claro. Por razões que o senhor Parkins jamais descobrira, mas que sentia estarem fortemente ligadas aos sentimentos nunca expressos por ela com relação ao marido e ao filho, ela nunca se juntava a eles no jantar. Ela afastou os pratos enquanto o senhor Parkins murmurava sua aprovação da sopa. Havia algo de desesperado e ostensivo na boa culinária da dona da casa. Era como a vibração da voz de uma gaita de foles, tocada dentro de uma citadela cercada por dervixes e infiéis na manhã do dia em que finalmente seria saqueada.

"Excelente sopa!", gritou o senhor Shane. "Meus cumprimentos ao chefe!"

A senhora Panicker corou de repente, e um sorriso distinto de todos os que Parkins já havia visto ali, delicado e queixoso, apareceu brevemente nos lábios dela.

O senhor Panicker também notou e franziu a sobrancelha.

"De fato", ele disse.

"Bah!", disse o jovem Panicker, abanando o vapor que se erguia do prato onde havia um linguado ainda com a cabeça e o rabo. "Esse peixe está podre, mãe. Está com aquele cheiro que vem de baixo do Brighton Pier."

Sem perder tempo — com um último resquício daquele sorriso jovial no rosto — a senhora Panicker atravessou a mesa e deu um tapa no rosto de Reggie. O filho se levantou, levou a mão até a face avermelhada e por um instante apenas encarou furioso a mãe. Então a mão disparou na direção da garganta da mãe, como se a quisesse estrangular. Antes que seus dedos conseguissem encontrar seu alvo, no entanto, o novo inquilino estava de pé e se interpusera entre a mãe e o filho. As mãos do senhor Shane voaram diante dele e antes que Parkins entendesse bem o que estava acontecendo, Reggie Panicker estava caído no chão sobre o tapete oval. O sangue brotava vermelho vívido de seu nariz.

Ele sentou-se. Pingava sangue em seu colarinho e ele tentou contê-lo com o dedo, depois pressionou a narina esquerda. O senhor Shane estendeu-lhe a mão, e Reggie deu-lhe um tapa. Levantou-se e fungou profundamente. Encarou Shane, depois cumprimentou a mãe com a cabeça.

"Mãe", ele disse. Depois virou-se e foi embora.

"Mãe", disse o papagaio, com sua voz suave. Linus Steinman estava olhando para Bruno com aquela profunda afeição que era a única emoção reconhecível que o senhor Parkins já vira no rosto do menino. E, então, numa voz clara, flautada e terna, que Parkins nunca tinha ouvido, o pássaro começou a cantar:

Wien, Wien, Wien
Sterbende Märchenstadt

Era um contralto adorável e, apesar de oferecido convulsivamente como número de um animal de penas cinzentas, perturbadoramente humano. Eles escutaram por um momento, e então Linus Steinman se levantou da cadeira e foi até o poleiro. O pássaro se calou e pulou no antebraço que lhe era oferecido. O menino virou as costas para eles, mostrou seus olhos cheios de lágrimas e uma só pergunta.

"Sim, querido", disse senhor Panicker com um suspiro, "você também pode ir."

3.

Eles o encontraram no banco do lado de fora da porta de sua casa, de chapéu e capa apesar do calor, mãos bronzeadas agarradas à bengala de abrunho. Todo pronto para sair. Como se — embora fosse impossível — ele estive esperando por eles. Devem ter encontrado com ele quando, atravessando a soleira, botas amarradas, já no final da manhã, tomava força para uma caminhada pelas colinas de Downs.

"Você é qual deles mesmo?", disse ele ao inspetor Bellows. Seus olhos mostravam um brilho extraordinário. O imenso nariz aquilino empinado como se os farejasse. "Diga lá."

"Bellows", disse o inspetor. "Detetive Michael Bellows, inspetor. Lamento incomodá-lo, senhor. Mas sou novo no serviço, aqui na região, ainda estou aprendendo os macetes, como dizem, e tenho plena consciência das minhas limitações."

Dita essa última asserção, o companheiro do inspetor, detetive Quint, investigador de polícia, pigarreou e educadamente voltou os olhos para um plano médio.

"Bellows... Eu conheci o seu pai", lembrou o velho. Cabeça

hesitando sobre o pescoço franzino. Bochechas rajadas de sangue e espuma do apressado barbear de um velho. "Pois sim. No West End. Sujeito ruivo, bigode avermelhado. Especialista, se não me engano, em estelionato. Devo dizer que não lhe faltava um certo talento."

"Sandy Bellows", disse o inspetor. "Meu avô, na verdade. Ele sempre falava bem do senhor."

Talvez nem tanto, pensou o inspetor, quanto falava mal.

O velho assentiu, solenemente. O olhar agudo do inspetor detectou uma tristeza passageira, um lampejo de lembrança que marcou brevemente o rosto do velho.

"Conheci muitos policiais", disse ele. "Muitos mesmo." Entusiasmou-se, decidido. "Mas é sempre um prazer conhecer outros. E o detetive, investigador de polícia... Quint, creio eu?"

Ele exercitava agora seu olhar de rapina no policial, um sujeito moreno, taciturno, de nariz abatatado. O detetive Quint era muito próximo, como raramente se recusava a demonstrar, do antigo inspetor, infelizmente falecido mas aparentemente um defensor dos velhos e seguros métodos no trabalho da polícia. Quint tocou com o dedo a aba do chapéu. Um sujeito calado, esse Quint.

"Pois bem, quem morreu afinal, e como aconteceu?", disse o velho.

"Um homem chamado Shane, senhor. Um golpe por trás, na cabeça, com objeto rombudo."

O velho não pareceu impressionado. Ficou até mesmo, talvez, desapontado.

"Ah", ele disse. "Shane sofreu um golpe por trás da cabeça. Objeto rombudo. Sei."

Talvez um tanto amalucado afinal, pensou o inspetor. *Não é mais o mesmo*, como Quint havia comentado. *Uma pena.*

"Não estou nem um pouco senil, inspetor, isso eu posso assegurar", disse o velho. Ele havia lido os pensamentos do inspetor; não, isso também era impossível. Lera sua *expressão*, então. A inclinação de seus ombros. "Mas agora é um momento crucial, há uma crise, por assim dizer, nas colmeias. Eu não poderia abandoná-las por um crime sem importância."

Bellows olhou para o policial. O inspetor era muito jovem, e assassinatos eram coisa rara em South Downs, de modo que os detetives viam *alguma* importância num crânio humano atacado com um bastão, ou porrete, atrás da casa do vigário.

"E este Shane estava armado, senhor", disse Quint. "Levava uma pistola Webley, e até onde sabemos, diziam que ele era apenas um vendedor de..." Puxou um bloquinho de capa azeitonada do bolso e consultou-o. O inspetor já aprendera a odiar aquele bloquinho com todos os seus inventários de fatos profundamente irrelevantes. "... uma empresa de laticínios e equipamentos frigoríficos."

"Atingido pelas costas", disse o inspetor. "Aparentemente. Na calada da noite, quando entrava em seu carro. Malas feitas, parecia que ele estava saindo da cidade sem explicações ou despedidas, só que uma semana antes pagara dois meses pela vaga na casa do vigário."

"O vigário, sim, sei." O velho fechou os olhos, forçando as pálpebras, como se os fatos do caso não fossem apenas desimportantes, como também soporíferos. "E sem dúvida, digamos que muito desavisadamente, já que vocês não dispunham de aconselhamentos razoáveis sobre o assunto, chegaram à conclusão mais óbvia e colocaram o jovem *Panicker* na cadeia pelo crime."

Embora ciente do aspecto cômico, de cinema mudo, do comportamento deles dois, o inspetor Bellows, para sua vergonha, descobriu que não pôde evitar trocar outro olhar acanhado com seu policial. Reggie Panicker havia sido preso às dez horas daquela manhã, três horas depois da descoberta do corpo de Richard Woolsey Shane, de Sevenoaks, Kent, na alameda atrás da casa do vigário, onde o falecido havia estacionado seu MG Midget 1933.

"Crime pelo qual", continuou o velho, "o infeliz do rapaz, com toda a vida pela frente, será em tempo enforcado pelo pescoço, e sua mãe irá chorar, e o mundo continuará a vagar às cegas pelo vazio, e no final das contas o senhor Shane continuará morto. Mas antes disso, inspetor, a *colmeia número 4 precisa de uma nova rainha*."

E com um aceno de mão, uma estrela-do-mar de dedos longos, toda cheia de verrugas e manchas, dispensou-os. Indicando-lhes o caminho de volta. Tateou os bolsos de seu paletó amarrotado: procurava o cachimbo.

"Um papagaio desapareceu!", tentou o inspetor Michael Bellows, sem outra saída, torcendo para que essa insignificância pudesse, de algum modo, tornar o crime mais interessante aos olhos do velho. "E encontramos isto aqui com o filho do vigário."

Ele tirou do bolso da camisa um cartão dobrado nos cantos, do senhor Jos. Black, comerciante de Pássaros Raros e Exóticos, Club Row, Londres, e entregou ao velho, que nem sequer olhou para ele.

"Um *papagaio*." Bellows notou que, de alguma forma, havia conseguido não só impressionar, como também surpreender o velho. E o velho pareceu satisfeito ao ver-se assim tocado. "Sim, é claro. Um cinzento africano. Pertencente, talvez, a um garotinho. De uns nove anos. De nacionalidade alemã — de origem judaica, eu arriscaria — e mudo."

Agora seria a vez do inspetor de pigarrear. Quint havia argumentado veementemente contra o envolvimento do velho na investigação. *Ele claramente não bate bem, senhor, tenho certeza absoluta disso.* Mas o inspetor Bellows estava perplexo demais para se alegrar com a desgraça alheia. Ele ouvira as histórias, as lendas, os legendários e loucos saltos indutivos do velho em seu apogeu, assassinos descobertos pela cinza do charuto, ladrões de cavalos, pela ausência de latidos. Por mais que se esforçasse, o inspetor não era capaz de saber como chegar até um menino judeu a partir de um papagaio desaparecido e o cadáver de um certo Shane com o crânio violado. E assim ele perdeu a oportunidade de levar a melhor sobre o detetive Quint.

Agora o velho estava dando uma olhada no cartão do senhor Jos. Black, com os lábios franzidos, afastando e aproximando-o do nariz até encontrar uma distância que lhe permitisse ler.

"Ah", ele disse, balançando a cabeça. "Então o senhor Shane veio para cima do jovem Panicker quando ele estava fugindo com o papagaio do pobre menino, que ele esperava vender para o senhor Black. E Shane tentou impedi-lo de fazer tal coisa e pagou caro por seu heroísmo. Resumi bem sua opinião?"

Embora essa fosse, em suma, toda a sua teoria, desde o início havia algo nela — algo nas circunstâncias do assassinato em si — que incomodara o inspetor, o bastante para enviá-lo, contrariando o conselho de seu colega, em busca do quase lendário amigo e adversário de toda uma geração de policiais a que pertencia seu avô. Não obstante, parecia-lhe ao fim e ao cabo uma teoria bastante razoável. O tom de voz do velho, no entanto, tornava-a tão provável quanto a intervenção das fadas.

"Tudo indica que eles trocaram palavras", disse o inspetor, hesitante com o ressurgimento de uma velha gagueira vinda das profundezas de sua infância. "Eles discutiram. Partiram para a violência."

"Sim, sim. Bem, não duvido de que você esteja certo."

O velho compôs com a comissura dos lábios o mais insincero sorriso que o inspetor Bellows já havia visto.

"E, de fato", continuou, "é uma grande sorte a sua precisar de tão pouco auxílio da minha parte, uma vez que, como você sabe, estou aposentado. Na verdade, estou aposentado desde o dia 10 de agosto de 1914. Ocasião em que, creiam no que estou dizendo, eu não tinha a decrepitude desta carapaça seca que vocês estão vendo." Ele tocou judiciosamente o cabo da bengala no batente da porta. Eles estavam dispensados. "Tenham um bom dia." E então, com um resquício do amor à teatralidade que tanto exigira da paciência e engrossara a linguagem do avô do inspetor, o velho inclinou o rosto para o sol e fechou os olhos.

Os dois policiais permaneceram ali por um instante, observando aquele simulacro desavergonhado de um cochilo da tarde. Passou pela cabeça do inspetor que talvez o velho quisesse que eles insistissem com ele. Olhou de relance para Quint. Sem dúvida a súplica abjeta a um velho louco, eremita, era um passo que seu predecessor jamais se rebaixaria a dar. E no entanto havia tanta coisa que se podia aprender com um homem daquele se apenas...

Os olhos se abriram de repente, e agora o sorriso se desenvolveu em algo mais sincero e cruel.

"Ainda estão aí?", ele disse.

"Senhor, será que eu poderia..."

"Muito bem." Disse o velho num riso seco, inteiramente à vontade consigo mesmo. "Considerei as necessidades das minhas abelhas. E acredito que possa dispor de algumas horas. Portanto irei auxiliá-los." Ele ergueu um dedo comprido e admoestador. *"Vamos encontrar o papagaio do menino."* Com esforço, e um ar que recusava de antemão qualquer oferta de ajuda, o velho ergueu-se, apoiando todo o peso na bengala preta e esfolada. "Se no caminho acabarmos encontrando o verdadeiro assassino, bem, então isso será muito melhor para vocês."

4.

O velho se apoiou no joelho. O esquerdo; o direito já não prestava para mais nada. Levou um tempo deploravelmente longo, e ao descer ouviu-se um estalo horrível. Mas ele conseguiu se abaixar e continuou a trabalhar com presteza. Tirou a luva direita e enfiou o dedo nu na lama ensanguentada onde a vida de Richard Woolsey Shane se esvaíra. Então procurou no bolso secreto costurado no forro de sua capa e pegou seus óculos. Eram de latão e tartaruga e tinham no bisel uma inscrição afetuosa do único grande amigo que tivera na vida.

Bufando e rosnando, esquadrinhando cerca de dois metros quadrados de terreno plano como se fossem a própria face gelada das montanhas do Karakoram, o velho apontou suas amadas lentes para tudo o que ocupava ou cercava o ponto fatal, enfiando-se entre as luxuriantes cercas vivas da alameda Hallows, onde o cadáver quase decapitado de Shane fora encontrado naquela manhã por seu senhorio, o senhor Panicker. Infelizmente o corpo já havia sido removido, e por homens desastrados usando botas pesadas! Tudo o que restava eram traços evanescentes, cruzes

28

tortuosas na poeira. À direita do automóvel do morto — incrivelmente luxuoso para um vendedor de máquinas de ordenha — ele notou um padrão centrípeto e um grau moderado de escurecimento no leque de sangue borrifado na faixa branca do pneu. Embora a polícia tivesse feito uma busca no veículo, descobrindo um mapa do serviço de topografia de Sussex, uma mangueira de borracha clara para ordenha, alguns tubos e conexões hidráulicas, vários prospectos coloridos da Lactrola R5 da Chedbourne & Jones e uma surrada edição de 1926 das *Doenças comuns em vacas leiteiras*, de Treadley, o velho repassou tudo outra vez. Durante todo esse tempo, produzia um murmúrio incessante, ainda que ele não se desse conta, concordando às vezes com a cabeça, entabulando metade de uma conversa e mostrando certa impaciência com seu interlocutor invisível. Tal procedimento levou quase quarenta minutos, mas quando ele saiu de debaixo do carro, com a sensação de que precisava se deitar, trazia um cartucho calibre 45 que era improvável que fosse daquela Webley, e um cigarro Murat intacto, marca egípcia cuja escolha pela vítima, se fosse mesmo dele, parecia indicar insuspeitadas profundidades de experiência ou romance. Por fim, de tanto cavoucar no meio do adubo, embaixo das cercas vivas, acabou encontrando um pedaço de crânio estilhaçado, grudado a pedaços de pele e cabelo, que a polícia, para seu evidente vexame, havia deixado passar.

Trouxe na mão aquela prova asquerosa, sem nojo ou hesitação. Já vira seres humanos em todos os estados, posições e atitudes na morte: uma prostituta de Cheapside com a garganta cortada, virada para cima, de ponta-cabeça numa escada das margens do Tâmisa, sangrando pela boca e pelas órbitas; uma criança raptada, verde como um mito celta, atravessada num bueiro; a casca pálida feito papel de um aposentado, envenenado com arsênico ao longo de doze anos; um esqueleto rapinado por gaviões e cães e inúmeros insetos, oxidado e ressequido no meio de um bosque, as roupas esfarrapadas tremulando feito flâmulas; um punhado de dentes e pedaços de ossos numa pá cheia de cinzas comprometedoras. Não havia nada de notável, nada mesmo, no X tortuoso rabiscado na poeira da alameda Hallows. Por fim, ele tirou os óculos e levantou-se o mais ereto que podia. Deu uma última olhada na situação das cercas vivas, no MG sob uma capa de poeira, no comportamento das gralhas, na direção tomada pela fumaça de carvão saindo da chaminé da casa do vigário. Então se virou para o jovem inspetor, estudando-o um pouco sem dizer nada.

"Alguma coisa errada?", disse o neto de Sandy Bellows. Até então o velho não havia perguntado ao inspetor se o seu avô estava vivo ou morto. Ele sabia muito bem qual seria a resposta.

"Você fez um bom trabalho", disse o velho. "De primeira."

O inspetor sorriu e seus olhos se dirigiram ao solene detetive Quint, parado junto ao carro esporte de dois lugares. O policial alisava um dos lados de seu bigode e encarava fixamente a poça de lama violácea a seus pés.

"Shane *foi* abordado e atacado, com uma força considerável, por trás; até aí você tem razão. Diga-me, inspetor, como é que você junta isso com sua ideia de que o morto apareceu e surpreendeu o jovem Panicker em pleno ato de roubar o papagaio?"

Bellows começou a falar, depois se calou com um breve e exausto suspiro, balançando a cabeça. Detetive Quint puxou então o bigode para baixo, numa tentativa de disfarçar o sorriso que se formara nos lábios.

"O padrão e a frequência das pegadas sugere", continuou o velho, "que no momento do golpe, o senhor Shane se movimentava com certa pressa, carregando alguma coisa na mão esquerda, algo bem pesado, eu arriscaria dizer. Uma vez que os seus homens encontraram a valise e todos os seus pertences pessoais junto à porta do jardim, como se esperassem ser transferidos para o porta-malas e uma vez que a gaiola não foi encontrada em parte alguma, creio ser razoável inferir que Shane, quando foi assassinado, estava fugindo *com* a gaiola. Presumivelmente, o pássaro estava dentro dela, embora eu ache que uma busca nos bosques da vizinhança deva ser efetuada, e logo."

O jovem inspetor virou-se para o detetive Quint e concordou com a cabeça. Quint parou de mexer no bigode. Parecia perplexo.

"O senhor não deve estar querendo dizer, com todo o respeito, que *eu* deva gastar um tempo precioso procurando no meio das árvores por um..."

"Oh, não precisa se preocupar, detetive", disse o velho, piscando o olho. Ele não chegou a expressar sua hipótese — naturalmente apenas uma dentre várias que vinha considerando — de que Bruno, o papagaio africano cinzento, pudesse ser esperto o bastante para ter conseguido escapar de seu sequestrador. Os homens, policiais em particular, tendiam a ignorar a capacidade dos animais de perpetrar, muitas vezes com admirável ousadia, os mais viciosos crimes e as mais temerárias façanhas. "É impossível não ver aquela cauda."

O detetive Quint pareceu por um momento incapaz de recuperar o controle da musculatura da mandíbula. Depois virou-se e foi descendo a passos pesados a alameda, em direção à porta de treliça que dava no jardim da casa do vigário.

"Quanto a você", disse o velho virando-se para o inspetor. "Você precisa se informar sobre a nossa vítima. Eu vou querer ver o corpo, é claro. Suspeito que possamos descobrir..."

Uma mulher gritou, a princípio a plenos pulmões, alguém poderia dizer que quase com um toque melodioso. Depois seu grito se desintegrou numa série de pequenos latidos sufocados:

Oh oh oh oh oh...

O inspetor saiu correndo, deixando para trás o velho cambaleante e claudicante. Quando chegou ao jardim, ele viu diversos objetos e criaturas familiares parados ali, naquele espaço verde, como que arranjados com vistas a um efeito desejado ou propósito dedutível, como pedras ou enxadristas numa recreação da realeza. Olhando para eles, o velho experimentou um momento de vertiginoso pavor, durante o qual foi incapaz tanto de reconhecer a quantidade quanto de se lembrar dos nomes e propósitos daqueles elementos. Sentiu — com todo seu corpo, como quando se sente a força da gravidade ou inércia — a inevitabilidade de seu fracasso. A derrota de sua mente pela idade não era mero embotamento ou desaceleração, mas um apagamento, como o de uma capital deserta por mil anos de tempestades de areia. O tempo havia desbotado o padrão ornamental de seu intelecto, deixando um trapo em branco. Ele sentia agora que adoeceria e ergueu o castão de sua bengala até a boca. Estava frio contra seus lábios. O pavor parece que passou de uma vez; a consciência se esforçava para reerguer-se em torno do intenso gosto de metal e, de repente, ele se viu observando, com alívio inexprimível, simplesmente os dois policiais, Bellows e Quint; o senhor e a senhora Panicker, parados um de cada lado de uma banheira para pássaros; um belo judeu de terno preto; um relógio de sol; uma cadeira de madeira; um espinheiro em plena floração. Todos olhavam para cima, para a cumeeira do telhado de palha da casa do vigário, para a última peça do jogo.

"Rapazinho, desça já daí!"

A voz era do senhor Panicker — que era mais inteligente do que a média dos vigários do interior, segundo o velho, e menos competente para falar à alma de seus paroquianos. Ele deu um ou dois passos para trás, como que para obter um melhor ponto de vista do menino no telhado ou fitá-lo com um olhar de ódio.

Mas os olhos do vigário eram grandes e tristes demais, pensou o velho, para conseguir tal proeza.

"Meu filho", gritou o detetive Quint. "Você vai acabar quebrando o pescoço!"

O menino continuou ali, ereto, as mãos pendentes ao lado do corpo, pés juntos, balançando nos calcanhares. Não parecia nem aflito nem alegre, simplesmente olhava, ora para os sapatos, ora para o chão lá longe. O velho ponderava se ele não teria subido ali para procurar seu papagaio. Quem sabe no passado o pássaro já não tivesse se escondido em telhados.

"Tragam uma escada", disse o inspetor.

O menino escorregou e veio deslizando sentado ao longo do declive de palha do telhado até a beira. A senhora Panicker deu outro grito. No último instante, o menino agarrou dois punhados de palha e se segurou neles. Seu progresso foi detido com um tranco, e então a palha das mãos se soltou do telhado e ele navegou no vazio e chafurdou na terra, caindo em cima de um bem-apessoado rapaz judeu, londrino a julgar pelo corte de seu paletó, com o surpreendente impacto de um barril espatifando-se contra as pedras. Após um momento atordoado, o menino se levantou e agitou as mãos como se tivessem sido picadas. Então esticou uma delas para o homem de bruços no chão.

"Senhor Kalb!", exclamou a senhora Panicker, acudindo às pressas, com a mão segurando uma gargantilha em seu colo, na direção do simpático londrino. "Deus do céu, o senhor se machucou?"

O senhor Kalb aceitou a mão que a criança lhe oferecia e fingiu deixar o menino levantá-lo até ficar de pé. Embora se contorcesse e gemesse, o sorriso não deixou seu rosto por um momento sequer.

"Não muito. Uma costela quebrada talvez. Não foi nada."

Ele abriu os braços para o menino, e o menino veio se postar entre eles. Com uma visível expressão de dor, o senhor Kalb ergueu-o no ar. Só quando estava a salvo nos braços do visitante de Londres, o menino relaxou o controle sobre suas emoções e lamentou, feroz e incontrolavelmente, a perda de seu amigo, afundando o rosto no ombro do senhor Kalb.

O velho atravessou o jardim.

"Menino", ele disse. "Está lembrado de mim?"

O menino olhou para cima, o rosto vermelho e inchado. Um delicado fio de muco unia a ponta de seu nariz à lapela do paletó do senhor Kalb.

O inspetor apresentou o velho ao homem de olhos tristes do Comitê de Auxílio, senhor Herman Kalb. A senhora Panicker o havia chamado assim que Bruno desaparecera naquela manhã. Ao ouvir o nome do velho, algo cintilou, uma lembrança difusa, nos olhos do senhor Kalb. Ele sorriu e virou-se para o menino.

"Bem", ele disse, em alemão, que o velho compreendeu momentos depois de as palavras terem sido ditas, encorajando o menino com um apertão no ombro. "Este é o homem que vai encontrar o seu pássaro. Agora você não precisa mais se preocupar."

"Senhora Panicker", disse o velho, por cima do ombro. O sangue sumiu do rosto da mulher — totalmente, embora ele não suspeitasse dela nem por um segundo, como se ele a houvesse flagrado sem um álibi. "Eu precisarei falar com o seu filho. Tenho certeza de que a polícia não fará objeção se a senhora vier comigo trazendo uma camisa limpa e um pacote de biscoitos."

5.

Ela pôs na mala duas camisas, dois pares de meia e duas cuecas cuidadosamente passadas. Uma escova de dentes nova em folha. Um queijo, um pacote de bolachas e uma velha caixa, anterior ao racionamento, das uvas passas de que ele tanto gostava. O conjunto mal preencheu a maleta. Ela vestiu seu melhor vestido azul de gola chinesa e desceu as escadas para encontrar o menino.

Antes mesmo de Bruno ser roubado, Linus havia se mostrado propenso ao desaparecimento. Ele parecia menos um menino para ela do que a sombra de um menino, sempre se escondendo pela casa, pelo vilarejo, pelo mundo. Ele tinha suas tocas de rato em toda parte, em cantos sombreados do terreno da igreja, sob os beirais da casa do vigário, no próprio campanário da torre da igreja. Ele vagava pelos campos com o pássaro no ombro e, embora ela não gostasse nada disso, desistira de tentar fazê-lo parar, porque não conseguia punir a pobre criança. Ela não tinha coragem. De qualquer forma que encarasse o assunto, ela havia

35

cuidado de seu Reggie com uma rigidez que não lhe era nada natural, e vejam no que ele acabou se transformando.

Ela o encontrou junto ao córrego do terreno da igreja. Havia ali um banco de pedra coberto de musgo no qual, durante seiscentos ou setecentos anos, os moradores vinham sentar-se embaixo da copa do enorme teixo, pensando em coisas tristes. Herman Kalb estava sentado ao lado dele. Linus havia tirado os sapatos e as meias. E o senhor Kalb também estava descalço. Por algum motivo, a visão de seu pé branco emergindo da barra de suas calças de risca de giz chocaram a senhora Panicker.

"Eu vou dar uma saidinha", disse ela, alto demais. Ela sabia que era uma coisa horrível de sua parte, mas não conseguia evitar de berrar com o menino, como se ele fosse surdo. "Preciso visitar o Reggie. Senhor Kalb, espero que o senhor passe a noite conosco."

O senhor Kalb concordou com a cabeça. Seu rosto era comprido, doce, simples e erudito. Lembrava-lhe o senhor Panicker aos vinte e seis. "Naturalmente."

"Você pode ficar no quarto do Linus. Tem duas camas."

O senhor Kalb olhou para o garoto, erguendo uma sobrancelha. Como que por respeito à mudez, ele falava muito pouco com o menino. O menino também concordou. E o senhor Kalb assentiu por fim. A senhora Panicker sentiu um arroubo de gratidão.

O menino tirou do casaco o bloco e seu pequeno lápis azul. Com esforço esboçou alguma coisa numa página; ele escrevia com muita dificuldade, mordendo o lábio inferior. Por um momento avaliou o que havia escrito. Depois mostrou a página ao senhor Kalb. Ela mesma não diferenciava pé nem cabeça das coisas que ele anotara.

"Ele quer saber se o senhor Shane está morto mesmo", disse o senhor Kalb.

"Sim", ela quase berrou, e depois, mais suavemente, "está sim."

Linus a encarou com seus enormes olhos castanhos e balançou a cabeça uma vez, para si mesmo. Era impossível saber o que ele estava pensando. Quase sempre era. Mesmo tendo pena dele, sempre lembrando dele em suas orações, e embora sentisse mesmo que o amava, para ela havia em Linus algo ainda mais estranho do que sua nacionalidade ou raça pudessem explicar. Mesmo sendo o menino uma belezura e o pássaro um belo animal — e ambos impecavelmente higiênicos em seus hábitos —, havia uma intensidade na ligação dos dois que a senhora Panicker achava ainda mais misteriosa que as arengas numéricas ou quando o pássaro cantava com uma doçura de congelar o coração.

O menino arrancou mais algumas palavras do toco de seu lápis. O senhor Kalb decifrou e depois, com um suspiro, traduziu.

"Ele era bom para mim", ele disse.

A senhora Panicker tentou responder, mas parecia ter perdido a voz. Algo lhe subiu bruscamente por dentro do peito. Então, sem vergonha de sua fraqueza, explodiu num choro incessante. Era a primeira vez que ela chorava desde o final dos anos 20, mas Deus era testemunha de que ela tinha motivos para tanto. Estava chorando porque aquele menino, esse menino meio machucado, meio abatido, tinha perdido o papagaio. Porque seu filho estava numa cela na prefeitura, prisioneiro da Coroa. E chorava também porque aos quarenta e sete, depois de vinte e cinco anos de pena, desapontamentos e contenção, ela havia sentido um interesse profundamente tolo pelo novo inquilino, senhor Richard Shane, como alguém num romance barato.

Ela foi até o menino e parou diante dele. Havia lavado aquele traseiro e penteado aqueles cabelos. Dera-lhe comida, roupas e segurara seu vômito numa bacia quando ele se sentiu mal.

Mas nunca o abraçara. Ela abriu os braços; ele se inclinou para a frente e, com cuidado, apoiou a cabeça em sua barriga. O senhor Kalb pigarreou. Ela podia sentir o peso de seu olhar, de quem não está olhando para eles, enquanto acarinhava o cabelo do menino e tentava se recompor para a visita à cadeia. E tinha vergonha de chorar na frente do rapaz do Comitê de Auxílio. Depois de um momento, olhou para ele e viu que ele oferecia um lenço. Agradeceu com um murmúrio.

O menino se afastou, olhando para ela enquanto secava as lágrimas. Ela ficou absurdamente comovida com o modo como ele parecia se preocupar. Tocou sua mão como se quisesse que ela prestasse atenção ao que ele iria dizer em seguida. Então rabiscou mais três palavras em seu bloquinho. O senhor Kalb examinou, com uma careta. A letra do garoto era terrível, rudimentar. Ele escrevia letras e, às vezes, palavras inteiras ao contrário, especialmente nas raras vezes que tentava se comunicar traduzindo do alemão. Uma vez, ele deixou seu marido desconsolado com uma pergunta por escrito que dizia PORCE SEUD SUS CRISTA NON GOSTA JUDEUZIN?

"Pergunte para o velho", leu o senhor Kalb.

"Mas perguntar o quê?", disse a senhora Panicker.

Ela só tinha visto o velho antes uma vez, em 1936, na estação de trem, quando ele deixara seu retiro de apicultor entusiasta para buscar cinco enormes engradados que lhe haviam chegado de Londres. A senhora Panicker ia para Lewes naquela manhã, mas quando o velho apareceu na plataforma de quem ia para o sul, acompanhado do musculoso filho mais velho de seu vizinho Walt Satterlee, ela deu a volta para poder vê-lo melhor. Muitos e muitos anos atrás, o nome dele — que por si só recendia a pompa e retidão de uma era perdida — havia enfeitado os jornais e gazetas policiais do império, mas era sua mais recente celebridade local, fundada quase que exclusivamente sobre sua lendária timidez, irritabilidade e hostilidade a qualquer relação humana, que a atraíra para o seu lado da plataforma aquela manhã. Magro como um cachorro de corrida, como ela mais tarde contaria ao marido, com algo canino, ou melhor, lupino, também em seu rosto, os olhos de pálpebras pesadas, inteligente, atento e pálido. Olhos que absorviam todas as feições e elementos da plataforma, os textos dos avisos afixados, a bituca de um charuto, um ninho amarfanhado de estorninho nas vigas da cobertura sobre suas cabeças. Até que arrastou sobre ela seus olhos de lobo. Sua avidez deixou-a tão perturbada que deu um passo para trás, batendo a cabeça num pilar de ferro com tanta força que depois encontrou cascas de sangue no cabelo. Tratava-se de uma avidez puramente impessoal, se é que existia tal coisa — e aqui seu relato ao senhor Panicker falha sob o peso de sua desaprovação da "natureza romântica" dela —, uma avidez esvaziada de lascívia, apetites, malícia ou boa vontade. Era uma avidez, como ela identificaria depois, de *informação*. Entretanto, havia vivacidade em seu olhar, uma espécie de vitalidade amena que era quase uma fascinação, como se a dieta de uma vida inteira de observações mundanas houvesse preservado apenas a jovialidade de seus órgãos de visão. Imóvel, como ficam os velhos altos, mas sem se curvar, ele estava ali parado, em pleno sol de abril, vestido com um sobretudo grosso de lã, analisando-a, investigando-a, sem fazer qualquer esforço para disfarçar ou dissimular seu exame. A capa, ela se lembrava, havia sido bastante remendada, sem a menor consideração por padrão ou tecido, e cerzida em centenas de lugares formando um espectro retalhado de linhas coloridas.

Enfim o trem para Londres chegou, desembarcando os enormes engradados, perfurados com buracos redondos a intervalos regulares, tendo estampado o nome antiquado do cavalheiro. Claramente visível ao lado de cada caixa, vinha impresso o endereço de uma cidade no Texas, Estados Unidos. Mais tarde ela ficaria sabendo que continham, entre outros artigos raros, pesadas bandejas cheias de ovos de uma espécie de abelha até então desconhecida na Grã-Bretanha.

A reação do senhor Panicker, quando ela acabou de contar, foi muito típica:

"Sinto em saber que nossas boas abelhas inglesas não bastam para ele."

Agora ela estava sentada ao lado dele, na sala dos fundos da prefeitura. Pela única janela, além do terreno vazio lá longe, como que atraído pelo velho, o murmúrio das abelhas chegava, insistente como aquela tarde opressiva. O velho vinha acendendo e tragando seu cachimbo nos últimos quinze minutos, enquanto esperavam o prisioneiro. A fumaça de seu tabaco era a pior que ela, uma garota criada numa casa com sete irmãos e um pai viúvo, jamais fora obrigada a respirar. Pairava na sala espessa como lã de ovelhas e fazia arabescos na luz pungente e oblíqua que vinha da janela.

Enquanto observava as gavinhas de fumaça espiralada no facho de luz, ela tentava imaginar seu filho no ato de matar aquele homem bonito e saudável. Nada do que viu em sua imaginação foi capaz de persuadi-la inteiramente. A senhora Panicker, nascida Ginny Stallard, já tinha visto dois homens assassinados em duas ocasiões distintas, quando era menina. O primeiro foi Huey Blake, afogado pelos irmãos dela no lago Piltdown durante um assalto de uma luta semiamistosa. O outro foi seu próprio pai, o reverendo Oliver Stallard, baleado num jantar de domingo pelo senhor Catley, depois que este perdeu a cabeça. Embora todo mundo culpasse seu marido negro pelo caráter instável de seu único filho, a senhora Panicker suspeitava que o problema era exclusivamente dela. Os homens da família Stallard sempre foram patifes e desgraçados. Ela quase se inclinava a ver o fato de que Reggie estava demorando tanto para ser trazido da cela como mais um exemplo, embora os céus fossem testemunha de que ninguém precisava de mais exemplos do caráter fraco de seu filho. Ela não conseguia imaginar o que o estaria detendo.

O súbito toque dos dedos secos do velho nas costas de sua mão direita fez seu coração pular dentro do peito.

"Por favor", ele disse, olhando de relance para os dedos dela, e ela notou que havia tirado a aliança e a segurava bem apertada entre o polegar e o indicador. Evidentemente vinha batucando com a aliança no braço da cadeira já fazia um certo tempo, talvez desde que se acomodara na sala de espera. O som da aliança ecoava difusamente em sua lembrança.

"Sinto muito", ela disse. Baixou os olhos, vendo a mão dele na sua. Ele a retirou.

"Sei como deve ser difícil esta situação", disse ele, e sorriu de modo revigorante, de um modo que era, de fato, surpreendentemente reconfortante. "Não há por que se desesperar."

"Não foi ele", ela disse.

"Isso é o que ainda veremos", disse o velho. "Mas até o momento, devo confessar, estou inclinado a concordar com você."

"Não tenho ilusões quanto ao meu filho, senhor."

"É o atributo de uma mãe sensata, sem dúvida."

"Ele e o senhor Shane não se deram bem. É verdade." Ela era uma mulher de palavra. "Mas o Reggie não se dá bem com ninguém. Parece ser mais forte do que ele."

Então a porta se abriu, e trouxeram Reggie. Vinha com um curativo na face, um hematoma alongado até a têmpora esquerda, seu nariz parecia grande demais, inexplicavelmente, e todo roxo na região do cavalete. Ela teve a falsa ideia de que esses ferimentos pudessem ter ocorrido durante a luta fatal com o senhor Shane, e a esperança passageira nessa legítima defesa iluminou seu pensamento até se lembrar de ter ouvido, por acaso, o detetive Quint contando ao marido que Shane havia sido atacado por trás, com um único golpe na cabeça; não houvera luta. Bastou um olhar para os policiais, ambos cabisbaixos ao trazerem Reggie até a cadeira, e a verdadeira ideia se estabeleceu.

O velho se levantou e socou o ar com seu cachimbo na direção do filho dela.

"Este rapaz sofreu algum mau trato?", disse ele, com voz fina até para os ouvidos dela, petulante, como se houvesse uma espécie de obviedade moral, na surra que o filho dela havia sofrido dos policiais, que se sobrepunha a qualquer objeção covarde que ele ou qualquer outro pudessem fazer. O horror da situação rivalizava nos pensamentos dela com uma voz grave que sussurrava *Ele merecia. Merecia há muito tempo.* Só a muito custo conseguiu manter o autocontrole — de que dispunha em quantidade considerável, incrementada ao longo de uma vida de exercícios quase contínuos — para não atravessar a sala e pegar aquela cabeça escura e machucada nos braços, nem que fosse apenas para arrumar a desordem de sua cabeleira preta e grossa.

Os dois policiais, comungantes do senhor Panicker, Noakes e Woollett, como ela por fim conseguiu saber, ficaram piscando para o velho como se houvesse um resto do café da manhã grudado em seu lábio.

"Ele caiu", disse um que ela achava ser Noakes.

Woollett concordou. "Ele deu azar", disse.

"De fato", disse o velho. A expressão fugiu de seu rosto quando iniciou mais um longo e profundo exame, desta vez do rosto indignado do filho dela, que encarava o velho com um olhar de ódio que não chegou a surpreendê-la, não mais do que ela ficou quando o olhar de Reggie hesitou, quando ele baixou os olhos, parecendo muito mais novo do que seus vinte e dois anos, para os seus pulsos finos e marrons cruzados na frente.

"O que *ela* está fazendo aqui?", ele disse por fim.

"Sua mãe lhe trouxe alguns artigos de uso pessoal", disse o velho. "Tenho certeza de que serão bem-vindos. Mas se você preferir, posso pedir para ela esperar lá fora."

Reggie ergueu os olhos até ela e em seu gesto havia algo que parecia um agradecimento, uma irônica gratidão, como se ela afinal não fosse uma mãe tão horrível quanto ele sempre supusera. Embora ela acreditasse — e ela não era generosa consigo mesma — que nunca tivesse falhado com ele, sempre que ela ficava ao seu lado, ele parecia ver aquilo com a mesma surpresa cética.

"Não me importa o que ela faça", ele disse.

"Não", disse o velho, severo. "Não, não imagino que você se importe. Agora. Ahn, humm. Sim. Certo. Diga-me, e quanto ao seu amigo, o senhor Black, de Club Row?"

"Não tenho nada a dizer", disse Reggie. "Não sei quem é esse sujeito."

"Senhor Panicker", disse o velho. "Tenho oitenta e nove anos de idade. O pouco de vida que me resta, eu preferiria passá-lo na companhia de criaturas muito mais inteligentes e instigantes do que você. No entanto, no interesse de conservar o escasso tempo que me resta, permita-me que lhe diga *algo* sobre o senhor Black de Club Row. A notícia deve ter chegado aos ouvidos dele, imagino, sobre um notável papagaio, adulto e em boa saúde, com um dom para a mímica e uma mente retentiva, muito além do normal para a espécie. Se fosse dele, o nosso senhor Black poderia vender o pássaro para um criador inglês ou europeu por uma bela quantia. Então você já resolveu o que iria fazer e preparou tudo para roubar o pássaro e vender para ele, na esperança de levantar essa alta quantia em dinheiro. Dinheiro que, se não me engano, você precisa para pagar outra dívida que contraiu com Fatty Hodges."

As palavras foram proferidas e deixadas para trás antes que os pensamentos dela pudessem alcançá-las ou reagir ao choque instantâneo que provocaram dentro de si. Fatty Hodges era, na opinião de todos e por aclamação geral, o pior sujeito de South Downs. Não dava nem para imaginar em que tipo de safadeza ele metera Reggie.

Noakes e Woollett se entreolharam; Reggie também; todos ficaram se encarando. Como ele poderia saber aquilo?

"Minhas abelhas voam por toda parte", disse o velho. Curvou o pescoço e esfregou as mãos asperamente. Um mágico de cartas, depois de mostrar o ás. "E elas veem todo mundo."

A conclusão, de que suas abelhas *contaram tudo a ele*, o velho não chegou a dizer. Ela supôs que ele temia parecer louco; ele já era considerado bem estranho.

"Infelizmente, antes que você conseguisse roubar o amado bichinho e único amigo de um órfão refugiado, você apanhou do senhor Shane, o inquilino. Mas quando estava quase fugindo com o pássaro, Shane foi atacado e morto. Aqui chegamos ao ponto, ou melhor, a um dos pontos, onde eu discordo da polícia. Pois discordamos claramente quanto à necessidade de violência contra prisioneiros da Coroa, especialmente os que ainda nem foram condenados."

Oh, ela pensou, mas que sujeito magnífico esse velho! Além de sua atitude, seu discurso, o terno de tweed e o sobretudo esfarrapado, nele estavam conservados, como o odor do tabaco turco, todo o vigor e a retidão perdidos do Império.

"Agora, senhor...", Noakes colocou, censurando; ou terá sido Wollett?

"A polícia, eu dizia", continuou o velho, inocente e sereno, "parece bastante segura de que foi você quem surpreendeu o senhor Shane levando Bruno embora, e quem o matou. Embora eu acredite que tenha sido outra pessoa, um homem..."

O olhar ávido do velho agora deparou com os sapatos irlandeses de Reggie, pretos, reluzentes, engraxados por ela naquela mesma manhã, quando o dia ainda não prometia nada de extraordinário.

"... com pés muito menores do que os seus."

As feições de Reggie mudaram — aquela expressão frustrada, lisa como um joelho. Imóvel, exceto por uma sobrancelha torta para cima e o canto oposto do lábio para baixo. Agora, por um instante, essa cara caiu, e ele sorriu como um menino. Ele tirou seus pés enormes de debaixo da mesa e esticou-os bem à sua frente, admirado pela primeira vez na vida com seu tamanho impressionante.

"Foi o que eu disse para esses dois aí!", exclamou ele. "É, isso mesmo, mais um dia e eu teria vendido o pássaro e pagaria o Fatty, livrando a minha pele. Mas a ideia nem foi minha. Quem devia estar preso aqui era o Parkins. Eu achei o cartão do Black na carteira dele."

"Parkins?", o velho olhou intrigado para os policiais, que deram de ombros, e depois para ela.

"Meu inquilino mais antigo", ela disse. "Em março faz dois anos." Ela nunca chegou a confiar inteiramente no senhor Simon Parkins, mas, no entanto, nunca encontrara, para todos os efeitos, nada minimamente fora do comum ou obscuro no sujeito. Ele se levantava sempre tarde, sempre na mesma hora, e saía para estudar seus pergaminhos ou cópias de relevos antigos ou fosse lá no que ele queimasse as pestanas na biblioteca de Gabriel Park até tarde da noite, e depois voltava para seu quarto, seu abajur, seu jantar requentado embaixo de um prato fundo.

"Quer dizer que você costumava verificar o conteúdo da carteira do senhor Parkins?", disse Noakes ou Woollett, afável mas com uma pontada de aflição, como se sentisse escapar a chance de pegar Reggie com uma acusação de assassinato e tentasse pegá-lo com alguma outra antes que fosse tarde demais.

45

A cabeça do velho se virou para o policial, com um estalo audível.

"Eu pediria aos cavalheiros que considerassem que meus dias estão contados", disse ele. "Por favor, não façam perguntas supérfluas. Parkins mostrou interesse pelo pássaro?"

A pergunta fora feita a ela.

"Todo mundo mostrava interesse pelo Bruno", disse ela, imaginando por que estaria se referindo ao papagaio no passado. "Todo mundo, menos o pobre senhor Shane. Não é estranho?"

"Parkins mostrou interesse, sim", disse Reggie. A gravidade com que a princípio tratara o velho havia desaparecido. "Ele estava sempre anotando coisas em seu caderninho. Toda vez que o papagaio começava a falar aqueles malditos números."

Pela primeira vez desde que chegaram à delegacia, o velho pareceu realmente interessar-se pelo que estava acontecendo. Ficou de pé, sem os gemidos ou resmungos que acompanhavam seus movimentos até então.

"Os números!" Juntou as palmas das mãos, detendo-se num misto de prece e aplauso. "Sim! Gostei disso! O pássaro costumava repetir números."

"O dia inteiro aqueles malditos números."

"Sequências intermináveis deles", ela disse, sem reparar sequer na blasfêmia, embora os policiais tivessem se espantado. Ela agora se dava conta de que muitas vezes, de fato, vira Parkins pegar um caderninho e anotar as árias numéricas que brotavam do mecanismo misterioso do bico preto de Bruno. "De um a nove, repetindo depois tudo de novo, fora de qualquer ordem."

"E sempre tudo em alemão", disse Reggie.

"E quanto ao nosso senhor Parkins? Ele atualmente trabalha em que ramo de atividade? Um vendedor, como Richard Shane?"

"Ele é historiador da arquitetura", ela disse, reparando que nem Noakes nem Woollett anotavam *coisa nenhuma*. Era só olhar para eles, aqueles brutamontes suados em seus paletós azuis de lã, podiam muito bem nem estar ouvindo, quem dirá pensando. Talvez achassem que estava quente demais para pensar. Ela ficou com pena daquele sensível inspetorzinho de Londres, Bellows. Na certa ele devia ter ido pedir ajuda ao velho. "Ele está escrevendo uma monografia sobre a nossa igreja."

"Mas nunca vai lá", disse Reggie. "Muito menos de domingo."

O detetive olhou para ela para confirmar o fato.

"No momento, ele está fazendo uma pesquisa nos documentos antigos da cidade que ficam na biblioteca em Gabriel Park", disse ela. "Eu não saberia dizer ao certo. Ele vem tentando fazer cálculos sobre a altura da torre na Idade Média. É só o que sei — ele me mostrou uma vez. Parecia envolver tanto matemática quanto arquitetura."

O velho afundou de volta em sua cadeira, mas desta vez com um ar de grande abstração. Já não olhava para ela ou para Reggie, ou, pelo que ela podia perceber, para nada na sala. Seu cachimbo estava apagado há tempos, e com uma série de passos automáticos ele o reacendeu, sem parecer reparar no que fazia. Os quatro seres humanos que dividiam a sala com ele estavam imóveis, de pé ou sentados, aguardando com notável unanimidade que ele chegasse a alguma conclusão. Após um minuto fumando ferozmente, ele disse "Parkins", clara e distintamente, e depois balbuciou um discurso cujas palavras ela não conseguiu entender. Dava a impressão de estar, ela diria, fazendo uma palestra para si mesmo. Mais uma vez pôs-se de pé e encaminhou-se para a porta da sala de espera, sem olhar para trás. Era como se tivesse se esquecido completamente deles.

"E eu?", disse Reggie. "Diga para eles me soltarem, seu velho esquisito, idiota!"

"Reggie!" Ela ficou horrorizada. Até ali ele não dissera nada que mesmo remotamente lembrasse uma expressão de arrependimento pelo que acontecera ao senhor Shane. Confessara, sem um pingo de vergonha, seu plano de roubar Bruno de um judeuzinho refugiado e órfão e ter vasculhado a carteira do senhor Parkins. E agora, ali estava ele, sendo rude com o único aliado de real valor que já tivera na vida, além dela. "Pelo amor de Deus. Se você ainda não entendeu a enrascada em que se meteu dessa vez..."

O velho se virou antes de chegar à porta, exibindo um sorrisinho irritado.

"A sua mãe está certa", ele disse. "A esta altura, há poucas provas para inocentá-lo e um bocado de provas circunstanciais que parecem implicá-lo. Esses senhores" — fez um gesto com a cabeça indicando Noakes e Woollett — "estariam falhando com seu dever se o liberassem agora. Você *parece*, em suma, ser o verdadeiro culpado do assassinato do senhor Shane."

Então vestiu seu chapéu e, lançando um último olhar para cumprimentá-la, saiu.

6.

O velho já estivera uma vez em Gabriel Park; devia ter sido no final dos anos 1890, 1890 e pouco. Também por conta de um homicídio e também envolvendo um animal — um gato siamês, perfeitamente treinado para administrar um raro veneno malaio esfregando os bigodes perto dos lábios da vítima.

A sorte do velho casarão parecia ter declinado nos últimos anos. Antes da última guerra, um incêndio havia destruído a ala norte, com sua torre do observatório de cuja fenda na cúpula a Baronesa di Sforza — mulher magnífica e abominável — havia saltado para a morte, com sua preciosa siamesa Rainha miando no colo. Aqui e ali ainda se viam troncos carbonizados em meio à grama alta, como uma fileira de pavios apagados. O saguão principal, assim como todas aquelas pastagens ao redor, havia sido ocupado pouco antes da presente guerra, por algo chamado Centro Nacional de Pesquisa de Laticínios; seu admirável rebanho de vacas de Galloway foi motivo de imenso ceticismo e espanto na vizinhança.

Há quarenta anos, o velho se lembrava, fora necessário um

regimento de empregados para administrar o local. Agora não havia um sequer para aparar a hera ou refazer a pintura das janelas, ou trocar as telhas quebradas, que cinco anos de ocupação pelo Centro de Pesquisa de Laticínios tinham transformado de suntuosa sequência de chaminés numa confusa cesta de costura de antenas e fios. Os próprios pesquisadores de laticínios raramente eram vistos na cidade, mas as pessoas reparavam que vários deles pareciam falar com um sotaque centro-europeu, onde, talvez, o fato de as vacas Galloways serem de corte e inadequadas para a produção do leite não fosse levado em conta. A ala sul, separada do saguão pela ostensiva necessidade nacional de beber leite, acabou definhando. Um ou dois maçaricos sobreviventes ainda moravam no andar de cima. E na grandiosa biblioteca — a mesma sala onde o velho, com o auxílio de uma bem colocada lata de sardinhas, desmascarara o felino vilão — o senhor Parkins e uma dúzia de outros historiadores, velhos demais ou inaptos para a guerra, queimavam as pestanas sobre o inigualável e mundialmente aclamado arquivo de listas de contribuintes, livros de contabilidade e registros judiciais, mantido pela família de maçaricos durante os sete séculos em que os maçaricos dominaram essa parte de Sussex.

"Lamento, senhor", disse o jovem soldado que ficava atrás de uma pequena escrivaninha de metal dentro de uma pequena construção metálica no final da rampa que conduzia até a casa. Era uma construção recente e de materiais baratos. Dificilmente alguém deixaria de notar que o soldado usava uma pistola Webley no coldre. "Mas você não pode entrar aí sem a identidade correta."

O neto de Sandy Bellows, dedicado e incansável perseguidor de charlatães, mostrou sua carteira de identidade.

"Estou investigando um assassinato", ele disse, com uma voz menos confiante do que seu antepassado e o velho teriam desejado.

"Já estou sabendo de tudo", disse o soldado. Por um instante, ele pareceu condoer-se genuinamente ao pensar na morte de Shane, o bastante para despertar a curiosidade do velho. Depois seu rosto reassumiu o sorriso forçado e plácido de antes. "Mas o distintivo da polícia não basta, infelizmente. Segurança nacional."

"Nacional? Isto aí não é uma fábrica de laticínios?", exclamou o velho.

"O leite e a produção leiteira fazem parte dos esforços de guerra da Grã-Bretanha", disse claramente.

O velho se virou para o neto de Sandy Bellows e, desapontado, viu que o rapaz parecia aceitar a descarada mentira. O inspetor pegou um de seus cartões de visita na carteira e escreveu algumas palavras no verso.

"Eu poderia lhe pedir para levar este recado ao senhor Parkins?", disse o inspetor. "Ou conseguir fazer chegar até ele?"

O soldado leu o recado nas costas do cartão e refletiu por um momento. Então, pegou um interfone preto e falou com alguém suavemente.

"O que foi que você escreveu?", perguntou o velho.

O jovem inspetor ergueu uma sobrancelha e foi como se o rosto de Sandy Bellows estivesse fitando o velho através das décadas, irritado e pasmo.

"Você não consegue imaginar?", disse ele.

"Não seja impertinente." E então, com o canto da boca, "Você escreveu *Richard Shane morreu.*"

"Estou muito abalado com a notícia", declarou Francis Parkins. Sentaram-se numa sala grande, nos fundos da ala sul, logo abaixo da própria biblioteca. Outrora ali havia sido a sala de jantar dos empregados; o velho, em sua caça ao envenenador, havia interrogado a criadagem naquela mesma mesa. Agora a sala era usada como uma espécie de refeitório. Uma barafunda de latas de chá. Embalagens de biscoitos. Um fogareiro para ferver a água e um cheiro ácido de café torrado. Os cinzeiros não haviam sido esvaziados. "Era um bom companheiro."

"Sem dúvida", disse o velho. "E também um ladrão de papagaios."

Esse Parkins era um sujeito esguio, seco, vestido como um acadêmico, num terno de tweed excelente e amarfanhado. Sua cabeça parecia grande demais para o pescoço, assim como o pomo de Adão para a garganta, e as mãos para os pulsos brancos e frágeis. Eram mãos ágeis, delicadas e expressivas. Usava óculos de armação de aço cujas lentes captavam a luz de uma forma tal que era difícil interpretar o que diziam seus olhos. Dava toda a impressão de se tratar de um sujeito tranquilo e bem de vida. A reação de Parkins à notícia do desaparecimento do papagaio não revelaria coisa alguma, além da própria resposta que ele deu.

"Onde o Bruno está agora?", ele disse.

Acendeu um cigarro e jogou o fósforo na pilha de guimbas do cinzeiro mais próximo. Com a mesma expressão de seus olhos ilegíveis sobre o inspetor, não prestou a menor atenção a seu companheiro, um baixinho atarracado, bronzeado, que se apresentara, sem qualquer explicação para sua presença no interrogatório, como senhor Sackett, diretor-administrativo da Pesquisa em Laticínios. Além de seu nome e cargo, Sackett não disse mais nada. Mas acendeu o cigarro como um soldado, às pressas, e escutou tudo com o ar de quem está acostumado a procurar falhas em estratégias. Muito provavelmente, pensou o velho, jamais chegara perto de uma vaca.

"Tínhamos alguma esperança de que você pudesse nos contar", disse o velho.

"Eu? Você suspeita de mim?"

"De forma alguma", disse seriamente o inspetor. "Nem por um instante."

"Não mais", disse o velho, "do que acreditamos que você esteja conduzindo elaboradas pesquisas matemáticas sobre a altura da torre da igreja no século XIV."

Ah. Essa tocou na ferida. A luz morreu na lente de seus óculos. Parkins olhou para o senhor Sackett, cujo rosto rechonchudo em sua absoluta inexpressividade era eloquente como um punho.

"Cavalheiros", disse Parkins depois de uma pausa. "Inspetor, garanto que não tive nada a ver com a morte do senhor Shane, nem com o sumiço daquele pássaro admirável. Nos últimos dois dias estive ora em minha cama, ora na biblioteca, embora não possa oferecer nenhuma prova dessa afirmação. Posso, no entanto, provar que a minha pesquisa é verdadeira. Deixe-me apenas voltar e buscar meu caderno e poderei mostrar a vocês..."

"Qual é a altura atual da torre da igreja?", disse o velho.

"Quarenta e poucos metros", disse Parkins de supetão. Ele sorriu. O senhor Sackett bateu a cinza de seu cigarro.

"E em 1312?"

"Eu diria que cerca de cinco metros menor, embora isso ainda esteja em aberto."

"É uma questão difícil?"

"Terrivelmente", disse Parkins.

"E sem dúvida importante."

"Creio que só para insensíveis Dryasdusts como eu."

"Imagino que Bruno lhe tenha inspirado algumas ideias fundamentais."

"Não entendi."

"Os números", disse o inspetor Bellows. "Você vinha prestando atenção aos números. Tomava nota deles."

A hesitação foi breve, mas o velho já ouvira mentiras dos maiores mentirosos de sua geração, entre os quais a modéstia não lhe impedia de se incluir. Seus quase trinta anos na exclusiva companhia de criaturas cuja honestidade era inquestionável pareciam não ter causado nenhum efeito sobre a sensibilidade de seu instrumento. Parkins mentia desavergonhadamente.

"Apenas para minha própria distração", disse Parkins. "Não querem dizer nada. Não passam de absurdos sem sentido."

Uma rede delicada e inexorável de inferências começou a se tecer sozinha, feito um cristal, na mente do velho, tremulando, captando a luz em cintilações e conjecturas. Era o maior prazer que a vida podia oferecer, essa cristalização dedutiva, esse paroxismo das hipóteses, e um prazer sem o qual ele vivera por um tempo excruciantemente longo.

"O que o Bruno sabe?", ele disse. "De quem eram esses números que ele aprendeu a repetir?"

"Creio que aqui não nos cabe responder a esse tipo de pergunta", disse o senhor Sackett calmamente.

"Devo entender", disse o velho, "que o senhor Parkins é um funcionário, ou apenas um amigo, em sua fábrica, senhor Sackett? Existe alguma conexão fundamental entre a arquitetura das igrejas normandas e a produção leiteira com gado de corte que me escapa?"

O inspetor tentou bravamente tossir para encobrir o riso. O senhor Sackett fechou a cara.

"Detetive Bellows", disse Sackett, com a voz mais suave do que nunca. "Gostaria de ter uma palavra em particular com o senhor."

Bellows assentiu, levantaram-se e foram até o saguão. Pouco antes de sair da sala, o senhor Sackett se virou e lançou um olhar de advertência para o senhor Parkins, cujas faces enrubesceram.

"Suponho que eu esteja prestes a ser convidado a me retirar", disse o velho.

Mas a iridescente crista de luz havia voltado às lentes dos óculos do senhor Parkins. Ele sorriu discretamente. A torneira gotejava na pia; um cigarro em um dos cinzeiros abarrotados queimava até o filtro e enchia o ar com um cheiro acre de cabelo. No momento seguinte, o inspetor voltou à sala, sozinho.

"Obrigado, senhor Parkins. O senhor pode ir", disse ele, e então virou-se para o velho, como quem pede desculpas, com a voz carregada, de certo modo, de um resquício das ásperas ordens sussurradas do senhor Sackett. "Encerramos por aqui."

Uma hora depois, Reggie Panicker foi libertado, com todas as acusações contra ele retiradas, e no dia seguinte, no inquérito, a morte de Richard Woolsey Shane foi oficialmente registrada como resultante de um acidente, cuja natureza não foi nem então, nem jamais especificada.

7.

De alguma forma, as abelhas falavam com ele. O zumbido monótono, o branco sonoro que os outros ouviam, para ele eram uma narrativa cambiante, rica, cheia de declinações, variada e distinta como pedras separadas de um monumento cinza e informe, e ele percorria esse som, supervisionando suas colmeias como um colecionador de conchas, imóvel e maravilhado. Não significava nada, é claro — ele não era tão maluco assim —, mas isso não queria dizer, de modo algum, que a canção não tinha sentido. Era a canção de uma cidade, uma cidade tão distante de Londres quanto Londres ficava do céu ou de Rangoon, uma cidade onde todos faziam precisamente o que deviam fazer, de um modo que havia sido prescrito por seus mais remotos e venerados antepassados. Uma cidade cujas gemas preciosas, lingotes de ouro, cartas de crédito ou planos navais secretos jamais eram roubados, onde segundos filhos há muito desaparecidos e primeiros maridos imprestáveis nunca eram encontrados no vale de Wawoora ou do Rand, com algum truque obscuro para impressionar ricaços com sua astúcia. Sem facadas, estrangulamentos, surras, tiros;

quase sem violência nenhuma, exceto um ocasional regicídio. Todas as mortes na cidade das abelhas eram agendadas, planejadas há dezenas de milhões de anos. Quando ocorria, cada morte era traduzida, eficaz e imediatamente, em mais vida para a colmeia.

Era o tipo de cidade na qual um homem que ganhara a vida entre assassinos e rufiões podia escolher passar o resto de seus dias, ouvindo suas canções, como um jovem recém-chegado a Paris ou Nova York ou Roma (ou mesmo, como ele vagamente se lembrava, Londres), na sacada, à janela junto ao leito, no telhado de uma pensão, ouvindo o rumor do trânsito e a fanfarra das buzinas, sentindo que estava ouvindo a música de seu próprio destino misterioso.

Entre o épico das abelhas e o arfar de sua própria respiração dentro da tenda de sua máscara protetora, ele não conseguiu ouvir, assim como não conseguira prever, o enorme automóvel preto, fechado, que apareceu no dia seguinte ao seu interrogatório de Parkins. O velho só se virou quando o alto homem de Londres estava três metros atrás dele. Uma presa fácil, pensou, desapontado consigo mesmo. Por sorte, todos os seus inimigos estavam mortos.

O homem de Londres vestia-se como um ministro mas se movia como um soldado dispensado do serviço. Corpulento, cabelos loiros, olhos cerrados como que ofuscados pelo sol, um curioso arrastar do pé esquerdo, calçado num ótimo sapato Cleverly, veio se aproximando das colmeias. Velho o bastante para ter acumulado um certo número de inimigos, certamente, mas não o bastante para ter sobrevivido a todos eles. Seu motorista aguardou no carro com placa de Londres e faróis recobertos, deixando apenas uma fenda que lembrava os olhos entrecerrados de seu passageiro.

"Elas não picam?", perguntou o homem de Londres.

"Sempre."

"Machuca?"

O velho ergueu a máscara, de modo a não desperdiçar uma perfeita afirmativa para uma pergunta tão insípida. O homem de Londres escondeu traços de um sorriso em seu bigode loiro acinzentado.

"Imagino que sim", disse ele. "Eu gosto de mel, e você?"

"Não especialmente", disse o velho.

O homem de Londres pareceu um tanto surpreso com essa resposta, depois balançou a cabeça e confessou que ele mesmo não era terrivelmente aficionado por mel.

"Sabe quem sou eu?", disse ele, após uma pausa.

"Gênero e espécie", o velho disse. Ergueu a mão até o véu da máscara como se fosse baixá-lo novamente. Então, tirou o chapéu todo e enfiou-o debaixo do braço. "É melhor você entrar."

O homem de Londres sentou-se na cadeira junto à janela e fez uma discreta tentativa de abrir alguns centímetros para o ar fresco entrar na sala. Era a cadeira menos confortável da casa, combinando todas as piores qualidades de um cavalete de serraria e um banco de igreja, mas o velho não tinha ilusões mesmo era quanto ao cheiro da sala. Não que ele mesmo sentisse o cheiro, não mais do que um urso, no caso um ogro, repara no fedor de sua própria caverna escura.

"Posso oferecer-lhe uma xícara de chá", disse ele, embora, na verdade, não tivesse muita certeza de que poderia. "Creio que meu suprimento de chá seja do começo da década de 1830. Não estou bem certo, coronel, se as folhas de chá ficam amargas com o tempo ou perdem totalmente o sabor, mas tenho quase certeza de que as minhas tiveram esse destino. Certo, coronel? É coronel, não?"

"Threadneedle."

"Coronel Threadneedle. Cavalaria?"

"Infantaria montada. Das montanhas de Lennox, Escócia."

"Ah. Então uísque."

A proposta foi feita e aceita no espírito do bom humor viril que até então caracterizara suas relações com o oficial da inteligência, mas ao mesmo tempo ele estava muito ansioso por saber se o uísque sugerido de modo tão cavalheiresco já não havia sido bebido anos antes, noutras casas, se havia evaporado ou virado uma pasta alcatroada, se nem era uísque na verdade, ou sequer se existira de fato algum dia. Cinco minutos de espeleologia nas regiões inferiores do armário do canto resultaram numa garrafa de malte Glenmorangie, coberta por uma camada de poeira que teria repelido um Schliemman. Ele parou, trêmulo de alívio, e enxugou o suor da testa com as costas da manga de seu cardigã. Quando jovem, uma advertência para interromper uma investigação costumava ser um desenvolvimento positivo, um marco no caminho para a solução, e mais do que isso, um estímulo.

"Achei!", exclamou.

Num copo razoavelmente limpo, serviu uma dose generosa e entregou ao homem de Londres, depois sentou-se em sua poltrona. A lembrança do gosto do malte estava em sua boca como o cheiro de folhas queimadas permanecia num cachecol de lã. Mas as cordas que o mantinham composto eram tão poucas que ele temia afrouxá-las.

"Este país", começou o coronel. "Perdoa seus inimigos rápido demais, assim como esquece seus velhos amigos." Inspirou profundamente os quatro dedos da bebida em seu copo, como para limpar as narinas, depois esvaziou metade dele. Rosnou de modo talvez involuntário e soltou um anelante suspiro de contentamento: a passagem dos anos era, em tantos aspectos, muito cruel. "Pelo menos este é o meu modo de ver."

"Espero ter sido útil de alguma forma, ao longo dos anos, aqui e ali."

"Entendemos", começou o coronel, "que você merecia uma explicação."

"É muita gentileza."

"O menino é filho de um certo doutor Julius Steinman, médico de Berlim. O nome não me diz nada, mas nos círculos psiquiátricos..." Ele fez uma careta para indicar o que pensava sobre psiquiatras e suas opiniões. O velho compreendeu, mas não partilhou do preconceito; como médicos, os psiquiatras deixavam a desejar, mas quase sempre revelavam-se bons detetives. "Aparentemente, o sujeito obteve algum sucesso no tratamento de certos distúrbios do sono. Deus sabe como. Drogas, imagino. De qualquer forma, o menino e sua família foram poupados da deportação em 1938. Tirados do trem no último minuto, creio eu."

"Alguém devia estar tendo pesadelos", disse o velho.

"Acho que sim."

"Alguém envolvido com códigos e cifras."

"Envolvido com algo bastante secreto, de qualquer forma." Ele olhou carinhosamente para os últimos dois dedos de uísque, depois disse adeus à dose. "Que ficou com seu médico judeu o máximo que pôde. Afugentando-lhe os pesadelos. Hospedou-o em algum campo ou local secreto. Com a família inteira. Mulher, menino e papagaio."

"Onde o papagaio, com toda a discrição e habilidade que caracterizam sua espécie, passou a guardar na memória as chaves do código da Kriegsmarine."

O homem de Londres apreciou o sarcasmo um pouco menos, talvez, do que apreciara o uísque.

"Ensinaram-lhe, naturalmente", disse ele. "Pelo menos, esta é a teoria. Esse sujeito, Parkins, ao que parece, vem trabalhando nisso há meses. Assim que descobrirmos o que..."

"Vocês tentaram fazer Reggie Panicker roubar o pássaro, e vender para o senhor Black, que, suponho, seja seu funcionário."

"Não que eu saiba", disse o homem de Londres, e em seu tom de voz havia a polida sugestão de que o âmbito de seu conhecimento devia bastar para os propósitos do velho. "E você está enganado quanto ao rapaz Panicker. Não tivemos nada a ver com aquilo."

"E vocês não têm interesse em saber quem matou o senhor Shane."

"Oh, temos. Sim, de fato. Shane era um bom sujeito. Um agente muito qualificado. Sua morte nos abalou muito, até mesmo pelo fato de que alguém foi enviado para resgatar o pássaro." Ele não parecia sentir a necessidade de indicar quem havia enviado esse alguém. "Esse alguém pode estar escondido aqui pelo interior. Pode ser um infiltrado, alguém que vem vivendo e trabalhando na cidade, desde antes do começo da guerra. Ou pode estar neste momento em pleno Mar do Norte, indo para casa."

"Ou na casa do vigário, em seu escritório, trabalhando no sermão de domingo. Um sermão cujo texto é tirado do segundo capítulo de Oseias, versículos um a três."

"Quem sabe", disse o homem de Londres com uma tosse seca que parecia imitar na verdade uma risada. "Seu amigo, o jovem inspetor, está cuidando do pai agora."

"Sim, deve estar."

"Mas me parece improvável. O sujeito cultiva rosas, não é?"

"Um sujeito amargo, frustrado e ciumento mata o homem que acredita ser amante de sua mulher, isso é o que lhe parece improvável? Já um espião nazista assassino com ordens para sequestrar um papagaio..."

"Sim, bem." O coronel fitava o fundo vazio de seu copo de uísque, o rosto vermelho de quem está desconsolado. "É que, diante da oportunidade, nós teríamos feito o mesmo, não?" Dera-se no coronel algum afrouxamento interno dos freios, mas o velho duvidava que fosse por conta de um empoeirado copo de uísque. Ele conhecera a fina flor da inteligência britânica, nos tempos da Grande Guerra, desde os primeiros ecos de disparos em Mons. No final, a relação entre eles se tornara um espelho perfeito: inversões e reflexões, ecos. E sempre havia algo desencorajador nas coisas que se vê num espelho. "Se *eles* tivessem um papagaio cheio até a ponta das asas com *nossos* códigos navais, nós certamente faríamos todos os esforços para consegui-lo de volta." O coronel olhou para o velho com um sorriso que zombava de si mesmo e do ministério que o empregava. "Nem que fosse para assá-lo na ponta do espeto."

Ele se levantou de sua cadeira dura com um estalido das vigas de sua soldadesca figura. Então, espichando uma última vez o olho para a garrafa de uísque, encaminhou-se para a porta.

"Esta é uma guerra que estamos nos esforçando demais para não perder", disse ele. "Estaria longe de ser a coisa mais absurda basearmo-nos em um papagaio ensinado."

"Eu prometi que encontraria o Bruno", disse o velho. "E assim o farei."

"Você há de conseguir", disse o coronel. Um longo facho de luz da tarde de verão atingiu a casa quando ele abriu a porta. O velho podia ouvir o canto das abelhas em suas cidades. A própria luz era cor de mel. Na entrada, o motorista despertou de seu cochilo, e o motor do carro rugiu de volta à vida. "A nação penhorada agradece e tal e coisa."

"Eu vou devolvê-lo ao *menino*."

Isso soou mais petulante do que o velho teria desejado, agudo e esganiçado, e ele lamentou pelo que disse. O visitante não tomaria aquilo nem como uma bravata vazia de um velho esquisito.

O homem de Londres fez uma careta e soltou um suspiro que tanto podia ser de amargura quando de admiração. Então o coronel balançou a cabeça uma vez, com firmeza, de um modo que geralmente, imaginou o velho, bastava para qualquer tentativa de desobediência que pudesse surgir ao longo de um dia de trabalho. O coronel pegou um pedaço de papel e um toco mastigado de lápis. Rabiscou um número no verso do papel e colocou cuidadosamente numa fresta do batente torto da porta. Quando ia saindo, voltou-se e olhou para o velho, com uma expressão estranhamente sonhadora.

"Estava pensando: como será o gosto da carne de papagaio?", disse ele.

8.

As colmeias formavam uma fileira de caixas em formato de celeiro, ao sul da propriedade, miniaturas de pagodes, brancas e com andares, feito bolos de casamento. Uma das colônias datava de 1926; em seu pensamento, esta era sempre a "Velha Colmeia". A "Velha Colmeia" era um matriarcado governado por gerações de rainhas fortes e prolíficas. Era tão antiga para o velho quanto a própria Grã-Bretanha, quanto os ossos calcários de South Downs. E agora, como em cada um dos dezessete verões anteriores, havia chegado a hora de saquear todo o seu mel.

Na madrugada proposta para a extração, ele havia ficado lendo J. G. Digges até as quatro, depois dormira irregularmente por uma hora até perceber que precisava se levantar. Jamais confiara em despertadores. A vida toda tivera o sono leve, e na velhice se tornara um insone contumaz. Quando dormia, seus sonhos eram enigmas e problemas de álgebra, que lhe perturbavam o repouso. Ele preferia mesmo estar acordado.

Tudo demorou mais do que devia — abluções, café, preparar o primeiro cachimbo do dia. Nunca aprendera de fato a cozinhar, e a filha mais velha dos Satterlee, que cuidava dele, só chegaria às sete. Até lá, ele estaria trabalhando intensamente nas colmeias. Então não comeu nada. Mesmo não se importando com o café da manhã, no entanto, ficou irritado ao descobrir que depois da labuta diária no lavatório, onde limpara seu velho corpo esguio, fechara todos os zíperes de seu traje de apicultor, vestira suas botas de borracha e seu chapéu com máscara, o sol já estava bem alto e resplandecente no céu. Seria um dia de calor, e abelhas no calor eram abelhas descontentes. Por ora, ao menos, ainda havia uma friagem noturna no ar, neblina nas colinas e um toque incisivo de maresia. De modo que ele ficou mais cinco minutos saboreando seu cachimbo. O frescor da manhã, o tabaco queimando, o cochilo no final do verão, abelhas saciadas de mel, até a recente aventura do papagaio ensinado, esses eram os prazeres de sua vida. Eram prazeres animais, ele admitia.

Houve um tempo em que essas coisas significaram muito pouco para ele.

As solas de suas botas rangiam na grama a caminho do barracão para buscar as ferramentas de extração, e rangeram enquanto ele mancava até as colmeias. Ele já sentia o cheiro forte de pomada do mel de urze no meio do caminho até lá. Este ano o verão tinha sido bom para a urze. Os Satterlee ficariam satisfeitos; por um antigo acordo, a família vendia o produto das colmeias e ficava com os lucros, e o mel de urzes pagava quatro ou cinco vezes o preço do mel comum.

Por fim, postou-se diante da "Velha Colmeia", segurando seu fumigador e o vidro arrolhado de benzaldeído. A colmeia tinha um ar de satisfação condenada, como uma cidade descansando no dia seguinte ao carnaval, contemplada do alto de uma colina por um exército de hunos. O velho soltou um jato de fumaça e abaixou-se até o chão, apoiando-se no fumigador. Algumas operárias saíram pelo portal arredondado da cidade.

65

"Bom dia, senhoras", ele disse; ou talvez tenha só pensado em dizer.

Colocou seus lábios no buraco da entrada e soprou uma violenta baforada de tabaco fedorento. Ele as educara com docilidade exemplar, mas quando se tratava de roubar-lhes o mel, era melhor não correr nenhum risco. Seu tabaco favorito possuía notáveis poderes tranquilizantes; o *Jornal do Apicultor Britânico* havia publicado suas notas sobre o assunto.

Recompôs-se de pé e preparou-se para remover o quadro da melgueira, com seus favos gordos de cera. Não era uma tarefa que lhe agradava; os quadros de melgueira ficavam mais pesados a cada ano. Não era necessário grande esforço para imaginar-se tropeçando no caminho até a varanda dos fundos da casa onde ficava a centrífuga: o estalo de um osso crucial, os quadros espatifados e o mel pelo chão. O que ele temia não era exatamente a morte, havia tantos anos que dela vinha fugindo que acabara lhe parecendo algo formidável, só por conta dessa longa fuga. Em particular, temia morrer de forma indigna, na latrina ou com a cara no mingau.

Cuidadosamente, deixou seu cachimbo apagar e enfiou-o no largo bolso de seu macacão de apicultor, com os fósforos e a bolsa de tabaco. O aldeído benzoico era apenas moderadamente inflamável, mas a perspectiva de atear fogo em si mesmo, com o próprio cachimbo, afigurava-se como uma de suas piores ideias sobre a indignidade com que a morte um dia o visitaria. Com o cachimbo fora do caminho, ele tirou a rolha do vidro marrom, e seu olfato, praticamente arruinado, foi invadido por uma estridente lufada de marzipã. Ele borrifou generosamente a substância no fumigador. Depois, segurou a bandeja superior da colmeia e ergueu-a. Com pressa, quase deixando-a cair, depositou-a no chão e virou-a para ver os favos, belos favos, cada célula selada com uma cobertura de cera resultante apenas da obstinada artesania das abelhas. Tinha a estranha palidez dos favos de mel de urze, uma brancura intensa, branco como a morte ou uma gardênia. Ele ficou admirando aquilo. Aqui e ali, uma abelha surpreendida em seus afazeres contemplava o sentido daquela perturbação, o súbito raiar da luz do dia. Uma delas, uma heroína de seu povo, ergueu-se subitamente no ar para atacá-lo. Se ela o picou, ele não sentiu; havia muito se acostumara às picadas. Baixou o fumigador sobre o conjunto de favos brancos e recolocou de volta a bandeja por cima. Em poucos minutos o odioso aroma do aldeído afugentaria qualquer abelha que ainda estivesse por ali no favo para o nível inferior da colmeia.

Quando o véu de sua máscara estava baixado, ele geralmente não ouvia nada além da própria respiração e o zumbido das abelhas. Mas com as abelhas tão gordas e lentas, ele não havia descido o véu, e assim ouviu, por acaso, um grito sufocado atrás de si. Era mais um arfar do que um grito, curto e frustrado. A princípio pensou que devia ser a menina dos Satterlee, mas quando se virou, ele viu o menino parado junto ao jardim do barracão, chupando o dorso da mão. Vestia a mesma calça curta e a camisa limpa e bem passada que no dia do primeiro encontro, mas, parado ali sem o papagaio, ao velho pareceu que evidentemente lhe faltava alguma coisa.

O velho sorriu. "Dói, não?"

O menino concordou devagar com a cabeça, surpreso demais ou sentindo muita dor para fingir falta de interesse. O velho caminhou lentamente até ele e fez-lhe um agrado na cabeça.

"Mas que menino incrivelmente *azarado*", ele disse. "Deixe-me dar uma olhada nisso aí."

Ele segurou a mão do menino. No dorso da mão, logo abaixo do pulso, um pequeno mamilo inchado de carne, tendo na ponta o filamento preto do ferrão. O velho pegou uma caixa de fósforos do bolso de seu macacão e abriu-a. Segurando a gaveta

67

da caixa na mão esquerda, amassou com a direita a luva externa da caixa. Então, usando a extremidade da luva de cartolina como pinça, arrancou o ferrão da mão do menino. O menino chorou desbragadamente durante o procedimento.

"Não se pode simplesmente arrancar", disse ele ao menino, com uma aspereza que não era inteiramente intencional. Estava ciente da existência de um vocabulário para consolar o choro das crianças, mas era uma língua que ele nunca se dera ao trabalho de aprender. Diversos meninos trabalharam para ele ao longo dos anos — mas isso em outro século! — aumentando o alcance de seus olhos e ouvidos, passando despercebidos por vielas escuras e quintais, onde sua própria presença chamaria atenção indevida, deslizando por desvãos, portas dos fundos de tabernas hostis, entrando e saindo de estábulos de treinadores trapaceiros. À sua própria maneira jocosa e soberba, ele já havia conversado e até, descuidadamente, cuidado desses meninos. Mas eram uma espécie inteiramente distinta de meninos, mal--ajambrados, rudes, marginalizados e ávidos, sapatos furados, olhos fundos, meninos disciplinados na fome e na pobreza, de modo a exibirem o menor espectro possível de emoções humanas. Prefeririam beber lixívia a se deixarem ver chorando. "Isso só espalha o veneno."

O ferrão por fim se soltou; o menino tirou a mão e analisou o inchaço da reação alérgica rosada. Depois devolveu a mão ao consolo da boca. Algo naquela visão do menino mudo chupando a mão enfureceu o velho. Viu-se por um momento com o desejo de estapeá-lo no rosto.

"Um momento, espere", disse ele. "Não é assim."

Hesitante, furioso e com a artrite debilitando seus dedos, tentou reagrupar os componentes da caixa de fósforos. A pequena gaveta caiu e espalhou os fósforos no chão. O velho xingou. Depois, ao mesmo tempo com vontade e vítima de algum impulso

68

brutal, xingou uma segunda vez, com ódio, em alemão. As sílabas apropriadamente repugnantes escaparam de seus lábios com um audível estalo de prazer. O menino desfez o beijo no dorso inflamado da mão. Um olhar travesso animou sua expressão profundamente sombria, a imitação do brilho de um divertimento opressivo, que de tempos em tempos, no desaparecido século XIX, reluzira nos olhos vazios e austeros daqueles milicianos maltrapilhos. O menino tirou as metades separadas da caixa de fósforos da mão do velho, ajoelhou-se, rapidamente juntou os palitos espalhados e guardou-os primorosamente em sua bandeja na caixa. Devolveu a caixa ao velho, que a colocou de volta no bolso de seu macacão de apicultor e tirou a bolsa de tabaco. Pegou uma pitada, deixando cair uma nuvem daqueles confetes fedorentos no chão. Pôs para fora sua língua de ogro, pontuda e rachada. Uma lambidela de sua saliva de dragão. Então estendeu a mão para o garoto.

"Aqui está", disse o velho do modo mais delicado que podia. Teve a sensação de não haver nehuma delicadeza, no entanto. O menino entendeu. Deu a mão machucada para o velho, com o rosto ao mesmo tempo grave e apreensivo, como se estivessem prestes a fazer algum pacto de meninos, com gotas de sangue ou palmas untadas com saliva sagrada. O velho colocou a gosma de tabaco sobre o inchaço. Pegou a outra mão do menino e apertou a palma sobre o local onde a abelha havia picado junto com a pitada de tabaco. "Assim. Segure assim."

O menino obedeceu, enquanto o velho tentava tirar o fumigador do quadro de melgueira externo. Ele esperava que não tivesse deixado tempo demais; a exposição prolongada à fumaça podia estragar o sabor do mel. Colocando o fumigador para o lado, pegou o quadro cheio de mel e deu alguns passos até a varanda onde ficava a centrífuga, hesitante mas às pressas, e com um desespero que o entristecia, para não parecer perturbado. Seus esforços não conseguiram enganar o garoto. Suas botas de borracha rangiam na grama, e eis que o menino já estava ali, junto a ele, segurando um dos lados do quadro retangular da melgueira com a mão picada — o inchaço parecia já ter começado a passar.

Juntos foram até a varanda. Os olhos do menino não estavam voltados para o velho, mas para o ar ao seu redor, penetrantes, desconfiados, temendo outro ataque do enxame. Quando o velho se esforçou para manter aberta a porta de tela, o peso da melgueira inevitavelmente deslocou-se sobre o menino. Ele aguentou firme. Arrastaram-se pela varanda, onde a centrífuga, com sua imensa manivela denteada, aguardava, com o ar paciente e acusador de uma máquina de fazenda ociosa. Mesmo aberta como estava, uma profunda e avinagrada obscuridade pairava naquela varanda, das colheitas de tempos idos. Depositaram a bandeja, com sua carga de cera estranhamente radiante, sobre um lençol limpo, e refizeram o caminho de volta às colmeias.

Trabalhando sozinho — como vinha fazendo, preferencial e inevitavelmente, nos últimos trinta anos —, costumava levar até bem depois de escurecer para terminar o serviço, deslocando os quadros de melgueira, um por um, das seis colmeias, dois quadros por colmeia; cortando fora os favos; removendo a cera com a lâmina aquecida de uma faca de pão; carregando os pedaços gotejantes dos favos na centrífuga e girando a manivela até que todo o mel que pudesse ser persuadido a deixar os favos tivesse sido drenado, por meio de várias operações de força centrífuga e gravidade, para dentro dos potes de armazenamento; certificando-se que a varanda estivesse telada e protegida de contra-ataques; e devolvendo os quadros de melgueira saqueados às colmeias. Com a ajuda de Linus Steinman, mais hábil conforme o dia foi avançando, inteligente, prestativo e abençoado, firme e magnificamente imune à conversação, ele completara o serviço pouco depois das quatro da tarde. Ficaram juntos ali na varanda telada, na densa e asquerosa fedentina — como a atmosfera de um planeta fermentando e em decomposição, como Vênus em toda sua supostamente violenta e hostil profusão de gases — do mel. Calada a centrífuga, a varanda, a propriedade, aquele vale nos contrafortes da colina, toda a imensa bacia do terreno tediosamente verde ao redor deles pareceu encher-se de uma espessa e pegajosa massa de silêncio.

Subitamente, o consolo do trabalho comum abandonou-os. Entreolharam-se.

O menino queria dizer alguma coisa. Procurou nos bolsos, dedos grudentos roçagando no tecido das calças curtas e na camisa. Por fim, encontrou seu toco de lápis no bolso da calça, mas como a busca pelo bloco prosseguia sem sucesso, uma ruga formou-se em sua testa arqueada. Tateou-se de cima a baixo até que filamentos de mel se formaram entre as falanges e os bolsos, cobrindo-o inteiro com uma película. O velho observava desolado o garoto que, cada vez mais agitado, enovelava com fios de perda as palmas e os dedos. Sem dúvida o bloquinho, na ausência prolongada de Bruno, era tudo o que lhe restava para fazer companhia aos seus pensamentos.

"Talvez você tenha deixado cair perto das colmeias", sugeriu o velho, e enquanto dizia isso ouviu tanto a nota de consolo genuíno que, por fim, havia conseguido incutir em suas palavras, quanto a absoluta vacuidade adulta da esperança que elas insinuavam.

Inutilmente, vasculharam a área das colmeias, onde o velho, joelhos em brasa, músculos trêmulos, conseguira fazer agachar o que restava de seu corpo rangente. Com sua usual confiança canina, ele rastejou no terreno em busca de resquícios dos papéis de encadernação barata que eram a voz daquele menino perdido. Do ângulo baixo de sua busca, as seis colmeias pareciam uma miragem, branca e solene na luz do fim de tarde, como uma rua de templos em Lucknow ou Hong Kong. Enquanto engatinhava com as mãos e os joelhos, a possibilidade de sua morte lhe ocorreu novamente e ele descobriu, satisfeito, que nenhuma sombra de indignidade obscurecia-lhe a perspectiva. A vida longa obscurecia tudo aquilo que não era essencial. Alguns velhos terminavam a vida com pouco mais do que a soma total de suas lembranças, outros como meras pinças querendo agarrar, ou um conjunto de axiomas demonstrados. Ele ficaria satisfeito o bastante em se tornar simplesmente um único grande órgão de detecção, procurando pistas no vazio.

Por fim, foi forçado a admitir que não havia o que encontrar. Quando se pôs instavelmente de pé, as palpitações nas suas juntas despertaram nele como que um sentimento universal de perda e o movimento de seus ossos provaram-lhe a resistência implacável de certas coisas que, uma vez perdidas, jamais eram reencontradas. Como que num sopro de muito longe além do Mar do Norte, o menino suspirou pesadamente. O velho ficou ali parado, dando de ombros. Com a consciência do fracasso, uma sombra cinzenta pareceu pairar sobre seus sentidos, como se, constante feito uma nuvem, um grande satélite em movimento obstruísse a face do sol. O significado se esvaía do mundo como a luz em fuga durante um eclipse. Um vasto corpo de experiência e sabedoria, corolários e resultados observados, de que ele se considerava senhor, de um só golpe tornou-se-lhe inútil. O mundo à sua volta era uma página de escrita alienígena. Uma fileira de cubos brancos de onde saía um zumbido misterioso de lamentações. Um menino imerso num miasma brilhante de fios, rosto inquisitivo, chapado e detalhado pela sombra, como se recortado em papel e colado contra o céu. Uma brisa desenhando retratos ondulantes do vazio nas pontas verde-claras da relva.

O velho aproximou o punho dos lábios e apertou-os, lutando contra um acesso agudo de náusea. Sua tentativa de reanimar-se com a frágil lembrança de que tais eclipses já lhe haviam acontecido antes foi interrompida pela contralembrança de que ultimamente vinham se tornando mais frequentes. Linus Steinman sorriu. De algum bolso furado ou do forro, o menino tirou um pedaço de cartão. A lua ocluída se mostrou; o mundo novamente foi ofuscado pelo sentido, a luz e a maravilhosa vaidade do significado. Os olhos do velho marejaram de lágrimas indecorosas enquanto, aliviado, observava o menino escrever uma breve pergunta no pedaço de papel que encontrara. Ele veio se aproximando sobre a grama e, com uma pergunta nos olhos, estendeu ao velho o pedaço amassado de cartão cru.

"Leg ov red", leu o velho. Decididamente sentia que deveria compreender o comunicado, mas o sentido estava além de seu alcance. Talvez seu cérebro transtornado tivesse falhado, desta vez, para recuperar-se completamente de seu lapso mais recente. Uma oração, quem sabe, pouco letrada e truncada, pelo papo cinzento do pássaro africano? Ou...

O papel escapou dos dedos do velho e flutuou até pousar no chão. O velho se inclinou, resmungando, para pegá-lo, e, quando retomou o papel nas mãos, encontrou no verso duas palavras e um número, não com a letra torta escrita em grafite do menino, mas com uma segura caligrafia de adulto, em tinta preta de ponta fina. Era o endereço, em Club Row, do senhor Jos. Black, Negociante de Pássaros Raros e Exóticos.

"Onde você conseguiu esse papel?", disse o velho.

O menino pegou o cartão de volta e, embaixo do endereço, rabiscou uma única palavra: BLAK.

"Ele esteve aqui? Você falou com ele?"

O menino fez que sim com a cabeça.

"Certo", disse o velho. "Creio que precisarei ir a Londres."

9.

O senhor Panicker quase o atropelou.

Com tempo bom, e conduzido por um homem sóbrio, como requer o domínio da atividade, o veículo dos Panicker, pequeno, belga, antigo, usado impropriamente pelo filho de seu atual motorista e mantendo poucas de suas peças originais, já era difícil de dirigir. Seu minúsculo para-brisa e o farol esquerdo quebrado conferiam-lhe um aspecto estrábico, tateante, como o de um náufrago pecador em busca de uma alegórica corda salva-vidas. Seu mecanismo de direção, como talvez lhe fosse adequado, baseava-se em grande medida na constante intervenção da fé. Seus freios, embora dizê-lo fosse uma blasfêmia, encontravam-se além do alcance na intercessão divina. Como um todo, em sua impropriedade, desalinho e supremo ar de plena e irremediável pobreza, simbolizava perfeitamente, de acordo com sua visão pessoal, tudo o que havia de relevante para a vida do homem que — longe da sobriedade profissional e invadido por uma turbulência íntima quase tão intensa quanto aquela que, na fria, úmida, tempestuosa e típica manhã inglesa de verão, esbatia

74

a triste coloração acanelada do Imperia de um lado para o outro na estrada para Londres — se achava, com o pé bombeando loucamente o imprestável pedal do freio e com o único limpador untando e repassando seu arco translúcido de sujeira através do para-brisa, prestes a cometer assassínio veicular.

A princípio, não vendo nada além de uma sombra que acenava, uma folha ondulante de oleado desfraldada no topo de uma pilha de lenha de algum sitiante, vaga e sem vida, ele preparou-se para passar reto através dela e confiar na irônica sorte como sempre fora seu feitio. Então, quando o cobertor dobrado de seu destino estava prestes a engoli-lo, a folha se revelou uma capa e duas garras, um grande morcego de tweed marrom batendo asas em sua direção. Era um homem, o velho, o velho e louco apicultor, esgueirando-se na estrada com seu rosto comprido e pálido, girando os braços. Uma imensa e agitada mariposa pairando em seu caminho. O senhor Panicker girou o volante para a esquerda. A garrafa aberta, escamoteada pelo desgraçado do seu filho, que até agora havia sido a única companhia de seu alvoroço, voou de sua posição no assento ao lado e chocou-se contra o porta-luvas, espalhando conhaque enquanto voava no ar feito um hissope. Com um evidente senso de autonomia, como se finalmente tivesse atingido o estado pelo qual longamente aspirasse, após uma carreira miserável de ócio, trepidações, solavancos e freagens, o Imperia traçou uma série de grandes oitos coreografados na estrada para Londres, cada um deles encadeado ao último, num padrão circular, formando um desenho infantil de meias margaridas listradas sobre o escorregadio macadame preto. Foi nesse ponto que as relações do senhor Panicker com sua divindade mais uma vez demonstraram uma tendência sardônica de longa data. O carro abandonou, ou talvez tenha perdido o interesse na fuga, e por fim parou, espasmodicamente, pouco mais de seis metros adiante de onde começara a frear, capô fielmente apontado para Londres, motor roncando, o único farol atravessando a chuva, como se tivesse recebido uma bronca por sua travessura e agora estivesse pronto para prosseguir seu modesto percurso. O processo de seu pensamento, até aqui uma caótica combustão alimentada por reservas gêmeas de inusitada dipsomania e uma espécie divertida de raiva, também pareceu sofrer uma interrupção espasmódica. Teria ele, de fato, finalmente fugido? Será que bastava pegar uma muda de roupas e ir embora?

A porta do passageiro subitamente abriu-se. Com um uivo de vento que trouxe consigo uma trilha de gotas de chuva, o velho meteu-se carro adentro. Bateu a porta atrás de si e sacudiu-se com sua capa como um cachorro magro e molhado.

"Obrigado", disse ele, sucinto. Dirigiu seu olhar terrivelmente brilhante para o homem que o resgatava, para a garrafa virada de conhaque, para o couro rasgado e os fios à mostra do painel descascado, para a própria condição, ou pelo menos assim pareceu ao senhor Panicker, de sua alma encharcada e surpresa. Suas narinas compridas e largas sentiram cada mínimo indício de conhaque no ar. "Bom dia, senhor."

O senhor Panicker compreendeu que dele se esperava agora que engatasse a primeira marcha e seguisse viagem para Londres, levando para lá, como se previamente tivessem combinado, seu novo passageiro e seu cheiro de lã úmida e tabaco. No entanto, ele não parecia disposto a tanto. Tão profunda se tornara sua identificação inconsciente com o Imperia 1927 que agora sentia que o velho molhado e grandalhão estava se intrometendo diretamente no melancólico santuário de sua lata velha.

O motor, como num suspiro, acalmou-se em paciente ponto morto. O passageiro pareceu interpretar a imobilidade e o silêncio do senhor Panicker como um pedido de explicação, o que, certamente, o senhor Panicker supôs que era mesmo.

"Interromperam os trens", disse o velho secamente. "Para o deslocamento das tropas, imagino. Reforços para Mortain, com certeza. Acho que a luta por lá engrossou. De todo modo, de trem, não tenho como chegar a Londres hoje, mas encontro-me numa situação em que preciso muito ir para lá."

Ele olhava para a frente, para as poças entre suas botas enlameadas, de cano alto, grossas botas militares como as que marcharam em Khartoum e Bloemfontein. Resmungando e com um ranger de ossos que deixou o senhor Panicker bastante alarmado, ele se inclinou para a frente e pegou a garrafa de conhaque, e com ela a pequena rolha que havia se soltado e sumido logo após a partida — clandestina, se não furtiva — da casa do vigário. O velho cheirou o gargalo da garrafa e fez uma careta, levantando uma sobrancelha. Então, com suas feições faciais assumindo uma expressão tão finória que só poderia ser interpretada como de escárnio, estendeu a garrafa para o senhor Panicker.

Calado, o senhor Panicker balançou a cabeça e engatou a marcha. O velho colocou a rolha de volta na garrafa. E assim eles partiram rumo à cidade através da chuva.

Viajaram em silêncio por um longo trecho em que o senhor Panicker, escoado seu reservatório de ira e passada a sua embriaguez, sentiu-se esmorecer num confuso embaraço com seu próprio comportamento na situação. Ele sempre fora, extremamente e acima de tudo, um homem cujos atos e opiniões se pautavam pela retidão, pela cuidadosa ausência de surpresas que lhe haviam ensinado anos antes, no seminário em Kottayam, a valorizar como virtudes próprias de um vigário bem-sucedido. O silêncio, os suspiros profundos do velho e os olhares de relance de seu indesejado passageiro atingiam-no como o prelúdio de um inevitável pedido de explicação.

"Suponho que o senhor esteja imaginando...?", começou ele, as mãos agarradas ao volante, inclinando-se para a frente para aproximar seu rosto do para-brisa.

"Sim?"

Ele decidira — a ideia lhe viera clara e brilhante na imaginação, como se sugerida pela mão de um artista — contar ao velho que estava indo a Londres para participar de um sínodo, inteiramente fictício, de clérigos anglicanos do sudeste da Inglaterra. Isso explicaria a muda de roupa no banco traseiro, além dos galões de preciosa gasolina, trazidos para uma viagem de dois ou três dias. Isso mesmo, um sínodo na Church House. Ele ficaria no Crampton, com seu restaurante mais do que adequado. Haveria sérias discussões, pela manhã, sobre questões da liturgia, seguidas pelo almoço e depois, à tarde, uma série de mais seminários práticos dedicados a preparar os ministros para a entrada no período do pós-guerra. O reverendo Stackhouse-Hall, arquidiácono de Bromley, tratará, com seu habitual bom humor erudito, dos inesperados problemas que naturalmente surgirão nas famílias ao receberem seus soldados, pais e maridos, de volta para casa. Quanto mais o senhor Panicker aprimorava e engrandecia mentalmente sua desculpa, o apelo de seu argumento aumentava, até que se viu estranhamente animado em sua imaginação.

"Vejo que me intrometi num momento difícil para o senhor", disse o velho.

Com um gesto melancólico, o senhor Panicker varreu de cima da mesa de seu sonho o saguão de conferências, hotel, restaurante, todo um conjunto de torres pontiagudas. Ele era um ministro de meia-idade, bêbado e fugindo de uma vida arruinada.

"Oh, não, eu...", começou o senhor Panicker, mas então descobriu que não seria capaz de continuar, sua garganta se fechou e seus olhos arderam com uma ameaça de lágrimas. Às vezes, como ele bem sabia, o fato de adivinharem nossa tristeza já é por si uma espécie brutal de consolação.

"É de fato curioso que eu tenha literalmente cruzado o seu

78

caminho esta manhã. Pois o assunto que me traz a Londres está intimamente relacionado com sua própria família, senhor."

Então era isso. Embora a polícia tivesse inocentado, ou pelo menos parado de implicar seu filho no assassinato daquele abusado vendedor de equipamentos de apertar tetas, a sombra da dúvida ainda não havia desaparecido das considerações acerca do próprio senhor Panicker. A possibilidade da culpa de Reggie era uma vergonha para o senhor Panicker, assim como praticamente qualquer coisa que, de um jeito ou de outro, envolvesse seu filho, mas dessa vez sua vergonha era composta pelo íntimo reconhecimento de que o brutal assassinato de Richard Shane, na estrada atrás de sua casa, viesse a refletir, em linhas gerais e específicas, a tendência secreta de suas fabulações mais obscuras. Quando o inspetor Bellows aparecera na semana anterior, o sentido da visita parecia evidente, embora as perguntas tivessem sido formuladas com a máxima discrição. Ele mesmo, Kumbhampoika Thomas Panicker, devotado paladino e símbolo vivo do delicado porém irrefreado amor a Deus, estava claramente sob suspeita de ter matado um homem — por ciúmes. E era inevitável sentir que seu desejo de tê-lo feito — aquela raiva que fazia suas mãos tremerem toda vez que uma palavra de Shane instilava o impressionante milagre de um sorriso no rosto de sua esposa — havia de alguma forma escapado de seu coração, feito um gás, e envenenado fatalmente o já doentio coração de seu filho.

"Pelo que entendi... Reggie... a polícia tinha dito que..."

Agora ele compreendia que o velho e ele não haviam "cruzado seus caminhos" de forma nenhuma. Ele ainda estava sendo investigado, e agora a polícia convocava esse antigo veterano; ou quem sabe o fabuloso esquisitão se intrometera sozinho, um tanto demencialmente, no caso.

"Explique-me uma coisa", disse o velho, e o tom acusativo em sua voz confirmou todos os receios do senhor Panicker. "Você reparou, ou se encontrou pessoalmente com alguém estranho perto de casa ultimamente?"

"Estranhos? Não..."

"Um sujeito de Londres, provavelmente, eu diria que mais velho, quem sabe judeu. Um homem chamado Black."

"O negociante de aves", disse o senhor Panicker. "Encontraram o cartão dele no bolso do Reggie."

"Tenho razões para crer que recentemente ele fez uma visita ao seu jovem inquilino, o pequeno Steinman."

"Visita?" Evidentemente que o menino não recebera nenhuma visita, além de Herman Kalb. "Não que eu..."

"Obviamente, como suspeitei desde o início, o senhor Black certamente sabe da existência do nosso Bruno e de suas notáveis habilidades. Essa recente tentativa de contatar diretamente o pequeno Steinman sugere que Black não teve nenhuma notícia de seus supostos agentes no caso, nem sabia nada sobre o desaparecimento do pássaro. Talvez, de fato, tenha desistido de esperar receber tal informação e fez essa visita clandestina ao menino, com a intenção de providenciar a compra do pássaro, ou quem sabe para roubá-lo ele mesmo. Em todo caso, pretendo fazer algumas perguntas bastante diretas ao senhor Joseph Black de Club Row. Do contrário, talvez não consiga chegar a uma conclusão sobre o paradeiro do pássaro."

"O pássaro", repetiu o senhor Panicker, reduzindo a marcha. Estavam se aproximando de East Grinstead, onde a polícia havia colocado um posto de controle, e o trânsito já começava a se formar. O velho afinal tinha razão em sua conjectura sobre o aumento da atividade militar; a segurança tinha sido reforçada. "Você está procurando o *pássaro*."

O velho se virou para ele, uma sobrancelha levantada, como se algo no senhor Panicker soasse infeliz ou censurável aos seus ouvidos.

"E *você* não está?", disse ele. "Parece-me que qualquer um incumbido de agir *in loco parentis* veria o desaparecimento de um animal tão amado e tão notável como..."

"Sim, sim, é claro", disse o senhor Panicker. "Estamos todos muito... o menino ficou... inconsolável."

Na verdade, o pássaro entrara nos pensamentos do senhor Panicker duas semanas depois do sumiço, apenas como uma espécie de amargo efeito colateral das cenas de sangue e violência, de traição vingada e indignidade retribuída, que marcaram sua imaginação durante a breve estada do maldito senhor Shane na casa do vigário. Para o senhor Panicker era certo que Bruno, o papagaio, estava morto, e, mais do que isso, morto de alguma forma particularmente nojenta e brutal. Apesar da origem selvagem, conforme sua consulta ao volume P da *Enciclopédia Britânica* lhe informara, nas regiões tropicais da África, Bruno era um pássaro doméstico, criado e ensinado. Solto, nas mãos de pessoas más, certamente acabaria sofrendo. Ele imaginava o olho preto retinto e fixo do pássaro no momento em que seu pescoço era torcido; via seu corpo desmembrado, um rastro de penas e penugem, atirado numa lixeira ou na sarjeta; via-o despedaçado por ratazanas; amarrado por fios de telégrafo. O pavor dessas visões causou certa surpresa ao senhor Panicker, uma vez que — diferentemente do falecido Dick Shane, a quem sua imaginação consignara semelhante destino — ele sempre gostara demais do pássaro. Durante todo o alvoroço da investigação do assassinato, a odiosa maré de fuxicos na vizinhança e o desfecho, aguardado, da síntese final do longo silogismo de frustrações que era seu casamento com Ginny Stallard, essas irrupções de sanguinolenta mutilação aviária foram as únicas intrusões do assunto do pássaro desaparecido em sua consciência. Agora, pela primeira vez (e aqui o sentimento de vergonha era mais fundo e mais dilacerante do que tudo o que seu casamento, sua carreira, ou o mal comportamento de seu filho infeliz jamais poderiam ter inspirado), ele pensava — um pensamento pequeno, frágil, de olhos sóbrios, sem palavras, do tamanho de Linus Steinman — no menino que perdera seu único amigo. "Nessa confusão toda dos últimos dias...", ajudou o velho, prestativo. E em seguida: "Sem dúvida seus afazeres pastorais e obrigações...".

"Não", disse o senhor Panicker. Subitamente sentiu-se sóbrio, calmo e, ao mesmo tempo, foi tomado por um arroubo de absurda gratidão. "Claro que não."

Haviam chegado ao posto de controle. Uma dupla de policiais uniformizados se aproximou do Imperia, um de cada lado. O senhor Panicker baixou sua janela, ajudando o processo, como era necessário, com uma série de socos secos na parte de cima do vidro.

"Bom dia, senhor. Posso saber o motivo de sua viagem a Londres?"

"Motivo?"

O senhor Panicker olhou para o velho, que olhou de volta com firme e bem-humorada despreocupação.

"Sim", o senhor Panicker disse. "Ah, sim. Bem, nós, é... nós estamos procurando um pássaro, não é?"

A mulher do senhor Panicker, infelizmente fiel ao seu nome de casada, sofria de gefirofobia, o temor mórbido de atravessar pontes. Quando um carro, ônibus ou trem em que ela viajava passava por cima de algum rio, ela afundava na poltrona, de olhos fechados, soltando ar pelas narinas em expirações curtas e assobiadas, gemendo baixinho, mantendo-se perfeitamente imóvel com a xícara do medo presa entre as palmas das mãos como se não ousasse derramar uma gota sequer. Quando o senhor Panicker passou por Croydon, o veloz e aleatório encontro da cidade ao seu redor pareceu despertar no velho uma espécie de turbulência fóbica semelhante. A respiração ofegante pelas narinas, os nós brancos dos dedos agarrados aos joelhos, os cabos tensos ressaltados no pescoço exausto — tudo isso reconheceu o senhor Panicker como sinais de um pavor que era tudo menos controlável. Mas, quando entraram em Londres, os olhos do velho, diferentemente dos da senhora Panicker quando se via no meio de uma ponte, permaneceram bem abertos. Ele era, natural e irremediavelmente, um homem que *olhava para as coisas*, mesmo quando, como agora, elas claramente o aterrorizavam.

"Está passando mal?"

Por um minuto contado, o velho não reagiu e apenas olhou pela janela do passageiro, vendo passar as ruas de South London. "Vinte e três anos", resmungou. "Dia 14 de agosto de 1921." Tirou um lenço do bolso interno, enxugou a testa, secou os cantos da boca. "Um domingo."

Fixar a data e o dia da semana de seu último vislumbre de Londres pareceu, até certo ponto, restaurar o equilíbrio do velho.

"Não sei o que eu... tolo. A gente lê tanto sobre o estrago das bombas e os incêndios. Tinha me preparado para uma ruína. Devo confessar que em certa medida eu *esperava* por uma simples espécie de, digamos, sejamos caridosos, 'curiosidade científica', ver esta grande cidade embaixo de cinzas e fumaça ao longo do Tâmisa. Mas isto é..."

O adjetivo adequado lhe escapava. Estavam agora atravessando o rio e viram-se emparelhados e encimados por dois altos bondes vermelhos. Filas de rostos olharam para eles lá embaixo com inquisitiva indiferença. Então os bondes se separaram, leste e oeste respectivamente, e, como se portas levadiças fossem erguidas, o fluxo do coração de Londres jorrou sobre eles. Ha-

83

viam-na bombardeado, incendiado, mas não a mataram e agora ela lançava brotos e gavinhas de uma nova e estranha forma de vida. Para o senhor Panicker, a coisa que mais o impressionara, e vinha sendo desde o começo do ano até o 6 de junho, era a assustadora americanização de Londres: recrutas e marujos americanos, oficiais e soldados rasos, carros militares americanos nas ruas, filmes americanos nos cinemas e o clima de fanfarronice vulgar, um cheiro de tônico capilar, uma cacofonia de vogais abertas capaz, como o senhor Panicker estava pronto a admitir, de ser apenas produto de sua imaginação, mas que não obstante parecia animar a cidade de um modo que ele achava ao mesmo tempo espantoso e irresistível, um ar de rebelde e brutal bom humor, como se a própria invasão da Europa, que agora avançava em estágios sangrentos no norte da França, fosse apenas a explosão inevitável de um exagero de gírias de jazz e a incontível compulsão de sapatear o *buck-and-wing*.

"Isso é novo", disse o velho, diversas vezes, apontando um dedo esticado para algum conjunto de escritórios ou hospedaria. "Isso não estava aqui." E então, quando passavam pelo esqueleto sombrio de mais um quarteirão de edifícios bombardeado, muitas vezes ainda ornado de flâmulas de fumaça, simplesmente: "Santo Deus".

Sua voz, conforme penetravam mais fundo nas modificações levadas a cabo em Londres pelas equipes de construção e bombas alemãs desde aquele domingo à tarde de 1921, foi diminuindo até se tornar um suspiro pungente e assombrado. O senhor Panicker imaginava — ele tinha uma poderosa e predicativa imaginação — que o velho devia estar experimentando (com certo atraso, na opinião do vigário) uma espécie de exibição prévia ou demonstração da própria natureza da morte. Depois de uma longa ausência da cidade, sobre a qual ele havia outrora exercido seu discreto domínio, ele parecia ter esperado que ela, como o mundo quando partimos dele, tivesse parado de se modificar, tivesse de alguma forma deixado de existir. Depois de nós, a Blitz! E agora ali estava ele, confrontado não só com a continuada *existência* da cidade, como também, entre pilhas de tijolos e janelas destroçadas, com a irreprimível, desumana força de sua expansão.

"Cinzas", disse o velho, divagante, ao passarem por uma imensa área de novas instalações hospitalares construída pelo senhor Churchill, como um vasto loteamento cultivado, onde brotavam fileiras de pequenos barracos de zinco. "Achei que só veria fumaça e cinzas."

Dirigiram até os arcos sujos de Bishopsgate Goodsyard e deixaram o carro perto de Arnold Circus, numa rua muito deteriorada depois de sofrer o impacto de uma bomba SC alemã, ao lado de uma pilha perfeita de pedras do calçamento, soltas pela explosão e que ainda aguardavam reforma. Em seguida, deram a volta na esquina e entraram na Club Row. O senhor Panicker foi solícito e até autoritário oferecendo um braço firme ao idoso companheiro, mas o velho rechaçou todas as suas tentativas, recusando até mesmo que o vigário o ajudasse a sair do carro apertado. Assim que se viu em terra firme, por assim dizer — assim que a caçada começou, como o senhor Panicker não pôde evitar de formular, um tanto romântico, para si mesmo —, ele pareceu livrar-se de todo o atordoamento fóbico da viagem. Queixo empinado, agarrou o castão da bengala, como se logo pretendesse começar a usá-la na cabeça dos bandidos que merecessem. Assim que viraram na Club Row, o senhor Panicker viu-se pressionado a acompanhar o passo torto e largo, de espantalho, do velho.

E certamente Club Row tinha mudado muito pouco, se é que alguma coisa, desde agosto de 1921 ou, como ele supôs, desde agosto de 1901 ou 1881. Algum assunto, há muito esquecido, já levara o senhor Panicker até ali, numa manhã de domingo, anos antes. Ele se lembrava de que a rua parecia estranhamente desabitada, com o mesmo alarido pavoroso dos zoológicos e viveiros, e que os gritos dos vendedores de aves, mascates de filhotes e negociantes de gatos mesclavam-se numa misteriosa e perturbadora ecolalia, que imitava e era imitada pela tagarelice dos animais à venda, engaiolados e encarando os transeuntes. Ao passar por eles, o senhor Panicker sabia perfeitamente que papagaios e periquitos australianos, spaniels, gatas tigradas e até mesmo algo que parecia um furão esquisito de olhos afiados eram vendidos e comprados como bichos de estimação, e o senhor Panicker não conseguira se livrar, enquanto seguia pela Club Row, naquela jornada de outrora, da sensação de que caminhava por uma rua de condenados, e de que toda aquela carne engaiolada, triste e animal, era destinada apenas ao morticínio.

Hoje, no entanto, a Row estava calma, assombrada apenas pelos destroços e um discreto e invisível gotejar de calhas de uma segunda depois da feira. Embalagens rasgadas, pedaços de jornal engordurado, rolos desfeitos de trapos, bolos de serragem empoçada em fluidos, sobre cuja natureza o senhor Panicker preferia não especular. As barracas e as lojas escuras por trás das cortinas de barras articuladas e portas de aço trancafiadas. Acima das fachadas de comércio, edifícios baixos de má reputação acotovelavam-se, em fileiras apertadas, como suspeitos reunidos tentando provar uma inocência coletiva e totalmente espúria, enquanto suas cornijas de tijolos se inclinavam discretamente para a rua, como que para espiar nos bolsos dos desavisados ambulantes. Era, ou devia ter sido, uma perspectiva particularmente deprimente. Mas a verve e o passo enérgico do velho, o modo como erguia sua bengala pesada, parecendo um general de banda, inspirou o senhor Panicker com um otimismo tolo e supreendente. Enquanto desciam rumo a Bethnal Green Road, sentia cada vez mais — sensação que tinha raízes obscuras naquela manhã de compras em que passara entre as fétidas bancas de negociantes de animais — que estavam penetrando o coração de um autêntico mistério de Londres, ou talvez da própria vida; como se por fim, na companhia desse velho cavalheiro tão peculiar, sobre cujo domínio do mistério outrora se ouvira falar até em Kerala, ele pudesse vir a elucidar um pouco a dolorosa máquina do mundo.

"Aqui", disse o velho, com um empurrão para o lado de sua bengala. O castão de metal tocava uma pequena placa esmaltada, presa por parafusos enferrujados à frente de tijolos do número 122, onde se lia BLACK, e embaixo, em letras menores, PÁSSAROS RAROS E EXÓTICOS. Uma grade estava baixada em toda a fachada, mas pela vitrine turva o senhor Panicker conseguia distinguir as formas vagamente asiáticas de gaiolas cônicas e talvez até o farfalhar de uma asa ou cauda emplumada, fantasmagórica como uma brisa levantando poeira. Um distante mas animado assobio atravessou a escuridão, o vidro e as venezianas, aumentando e tornando-se complexo conforme seus ouvidos foram se afinando com ele. Sem dúvida as batidas do velho haviam acordado os ocupantes da loja de Black.

"Não tem ninguém", disse o senhor Panicker, encostando a testa no aço da grade fria da manhã. "Não devíamos ter vindo numa segunda-feira."

O velho levantou a bengala e bateu na grade, uma, duas vezes, com entusiasmada selvageria, olhos faiscando com as pancadas barulhentas. Quando parou, toda a obscura população da loja iniciou ou foi iniciada num imenso pandemônio. O velho ficou com a bengala erguida, ofegante, saliva escorrendo da boca. O clamor da raiva acendeu-se e passou. A luz sumiu dos olhos dele.

"Segunda", disse triste o velho. "Eu devia ter previsto."

"Talvez se você telefonasse antes", disse o senhor Panicker.

"E marcasse um encontro com esse nosso Black."

"Sem dúvida", disse o velho. Baixou a bengala e ali apoiou-se, fraquejando, soltando o peso. "Na pressa eu..." Ele enxugou a saliva do rosto com as costas da mão. "Tais considerações práticas parecem escapar à minha..." Ele se inclinou para a frente, e o senhor Panicker segurou-o pelo braço, e dessa vez o velho não conseguiu se livrar. Seus olhos arregalados pareciam fitar cegos a fachada da loja onde ninguém respondia, sua própria fachada exibindo apenas um toque de alarme próprio da idade.

"Pronto, pronto", murmurou o senhor Panicker, tentando ignorar e disfarçar o tamanho da própria decepção com o súbito fracasso de sua busca. Ele começara o dia sem ter dormido, bêbado, contemplando as ruínas do que fora seu lar desde o dia em que se tornara um homem. Seu casamento desvalido, seu filho imprestável, o eclipse de suas ambições profissionais, estas eram as vidraças quebradas, os papéis de parede descascados, as poltronas estropiadas daquele naufrágio; e por cima de tudo aquilo, como uma nevasca de cinzas, suspensa no ar como um inextinguível dossel de fumaça, camadas após camadas carbonizadas até a fundação, estava a consciência de sua própria falta de fé, de sua dúvida, descrença e da distância entre seu próprio coração e o do Cristo Nosso Senhor. Uma pequena Blitz, que não dizia respeito a mais ninguém; a bomba estourada — algo sem sentido e casual como todas as bombas —, a chegada e o assassinato do senhor Richard Shane. No momento do impacto toda a estrutura apodrecida viera abaixo, e foi como se, como o senhor Panicker havia lido nas notícias sobre o bombardeio, todas as centenas de ratos vivendo nas paredes do edifício aparecessem, pegos de surpresa e suspensos em suas atividades escusas de costume, até que seus corpos começassem a brotar na terra numa asquerosa cascata cinzenta de ratos. E contudo, como ele também havia lido, de vez em quando essas explosões descobriam cintilações de raro e surpreendente tesouro. Coisas estranhas, delicadas, que estavam ali o tempo todo, desconhecidas, inadvertidas. Essa manhã, na estrada para Londres, quando o velho se enfiara no carro vestido em seu manto de lã e chuva, foi como se o menino, Linus Steinman, abandonado e sem amigos, fosse assim revelado, parado discreto e sozinho no meio da pilha de cinzas, com os olhos sonhadores percorrendo o céu. O senhor Panicker não era tão esperançoso ou tolo a ponto de achar que encontrar o papagaio desaparecido de um menino refugiado devolveria o sentido e o propósito de sua vida. Mas ele já vinha se dispondo a aceitar muito menos.

"Talvez possamos voltar outro dia. Amanhã. Podemos ficar num hotel hoje à noite. Conheço um lugarzinho bastante decente."

Abruptamente, a fantasia anterior do senhor Panicker com o Crampton Hotel, com seu excelente café da manhã, vívida e tentadoramente, voltou à vida. Só que agora, em lugar de palestras e seminários, que mesmo na fantasia só podiam ser imaginados como repetitivos e interminavelmente tediosos, havia, na companhia daquele velho apicultor ensandecido, a improvável possibilidade, esplêndida principalmente por sua improbabilidade, de aventura. O sujeito parecia, de uma forma que o senhor Panicker teria dificuldade de explicar ou exemplificar, não só criar ou atrair tal possibilidade, como também, de algum modo, implicitamente requerer um aliado na empreitada. Era essa possibilidade, ainda mais do que o senso de missão altruísta e oportunidade de redenção representada pelo resgate do pássaro perdido do menino, que o senhor Panicker agora se encontrava lutando para sustentar. Pois o que afinal levara um pobre menino malaiala do interior a querer a vida de um ministro da Igreja

89

anglicana? Naturalmente havia sido uma pergunta — e assim, até o tédio e o absurdo, ele repetira incessantemente nos últimos quarenta anos — sobre a vocação de uma pessoa. Só que agora, no entanto, ocorria-lhe que a vocação não era nem, como ele um dia supusera, divina ou mística em sua origem, nem, como mais tarde amargamente concluiu, uma espécie de fatuidade, *ignis fatuus*. Ele imaginava quantos rapazes simples e descalços partiam em busca de aventura, acreditando de todo o coração estarem respondendo a um chamado de Deus?

"Venha!", disse o senhor Panicker. "Espere aqui. Vou buscar o carro. Podemos escolher dois quartos no Crampton e dar um jeito de encontrar esse Black — vamos pegá-lo numa boa armadilha!"

O velho concordou com a cabeça, lentamente, com uma expressão abstrata, olhos inertes, mal registrando as palavras. Após seu momento de confusão e alarme, parecia tomado por uma profunda melancolia. Era o perfeito contraste com a prontidão e a irreprimível disposição para continuar no jogo que agora entusiasmavam o senhor Panicker. Ele foi correndo até a Boundary Street, subiu no Imperia, e voltou depressa para buscar o coaventureiro. Quando chegou em frente à loja de Black, o velho não se mexia. Continuava inclinado, equilibrado na bengala, exatamente como o senhor Panicker o havia deixado. O senhor Panicker parou junto à calçada e puxou o freio de mão. O velho continuou parado, olhando para suas grandes botas. Após um instante, o senhor Panicker tocou a buzina, dois toques. O velho ergueu a cabeça, sem pressa, e olhou em direção à janela fechada do passageiro, como se não fizesse ideia de quem pudesse encontrar lá dentro. Pouco antes de o senhor Panicker se esticar para baixar o vidro, no entanto, o rosto do velho subitamente se alterou. Arqueou uma sobrancelha, seus olhos se estreitaram astutamente e um longo e fino sorriso se formou num dos cantos de sua boca.

"Não, seu idiota!", gritou, quando o senhor Panicker baixou o vidro. "Ao contrário!"

O senhor Panicker obedeceu, e, enquanto subia de novo o vidro, o sorriso no rosto do velho aumentou e se espalhou magnificamente, depois disse alguma coisa que o senhor Panicker não conseguiu entender. Ficou por um minuto analisando o vidro da janela — talvez ele estivesse, pareceu ao senhor Panicker, examinando seu próprio reflexo —, sorrindo e dizendo para si mesmo palavras misteriosas. Mesmo quando, depois de ter entrado no carro ao lado do senhor Panicker, ele repetiu em voz alta as palavras, o ministro continuou intrigado.

"Leg ov red!", repetia estupidamente o velho. "Como sempre, ha ha, uma questão de *reflexão*! Leg ov red!"

"Sin... sinto muito, senhor. Não consegui entender..."

"Veja só! O que caracterizava os rabiscos do menino Steinman naquele bloquinho dele?"

"Bem, ele tinha o estranho hábito de, como se sabe, escrever as palavras ao contrário. Espelhadas. Aparentemente, segundo os médicos, está relacionado de alguma forma à sua incapacidade de fala. Algum tipo de trauma, sem dúvida. E além disso reparei que ele é péssimo em separar sílabas."

"Justamente! E quando ele rabiscou as palavras 'leg ov red' num pedaço de papel, e agora percebo que foi um pedido patético de ajuda, ele estava exibindo suas duas deficiências."

"Leg ov red", tentou o senhor Panicker, projetando e lendo ao contrário as letras numa tela interior. "Der... vog... el" Ah. "Der Vogel. Ele estava querendo o pássaro. Claro."

"Isso mesmo. E agora, diga-me, o que ele queria dizer no *outro lado* do papel?"

"Papel?"

O velho colocou um pedaço de papel escrito em suas mãos.

"Este papel. Onde está escrito, em letra de um homem adulto, jovem, em caligrafia europeia, o endereço deste mesmo estabelecimento diante do qual estamos agora. Abandonado, ou pelo menos assim equivocadamente concluí, pelo próprio dono."

"Blak", leu o senhor Panicker. E então, projetando ao contrário a palavra: "Meu Deus".

10.

Ele já tinha visto loucos: o homem que tinha cheiro de carne de pássaro cozida estava ficando louco. Ele conhecia o cheiro de carne de pássaro, porque eles comiam. Eles comiam qualquer coisa. Saber que os homens de sua floresta natal queimavam e comiam com prazer a carne de sua própria espécie era um traço de sua sabedoria ancestral. Nos primeiros dias de seu cativeiro, a contemplação da dieta sangrenta deles e o fato de que, muito provavelmente, não estava preso para saciar uma fome futura deixou-o tão perturbado e revoltado que ele arrancou algumas penas de seu peito. Agora ele já estava bem acostumado com o horror do apetite que eles demonstravam, e perdera o medo de ser devorado; até onde pudera observá-los, aqueles homens, criaturas pálidas, embora devorassem aves em cruel abundância e variedade, deliberadamente eximiam sua espécie do massacre. A ave que eles mais comiam era a *kurcze Hahne* na canja e era esse o cheiro, de galinha assassinada e cozida na água com cenouras e cebolas, que, por algum motivo, o homem que estava ficando louco exalava, embora só parecesse comer torradas e sardinhas em lata.

Na casa do holandês, perto do porto, na ilha onde ficava seu ninho, quando ainda temia o fogo e os dentes daqueles macacos terríveis com suas canções estranhas, enganadoras, achava que também ele tinha ficado um pouco louco. Enquanto observava o homem da canja, Kalb, de um lado para o outro no quarto, horas e horas, o couro da cabeça desgrenhado, o couro do rosto ficando grosso, cantando suavemente para si mesmo, o papagaio se arrastava, com simpatia relutante, de um lado para o outro em seu poleiro, e sentia um certo desconforto em fazê--lo, lembrando-se de como, naqueles primeiros meses terríveis com o holandês, ele passara horas fazendo o mesmo curto trajeto, indo e voltando, silenciosamente arrancando as próprias penas até sangrar.

Ele conhecia loucos. O holandês tinha ficado louco, de fato; matara, com os ossos fechados da mão, a menina com quem dividia a cama, depois se matou bebendo um copo de uísque arruinado com a substância mais fedorenta que Bruno já encontrara em sua longa vida entre os homens e seu notável vocabulário de fedores. O uísque tinha um fedor próprio, mas era um cheiro que Bruno, durante o final do seu período com le Colonel, aprendera a apreciar. (Fazia séculos que ninguém oferecia uísque para Bruno. O menino e sua família jamais bebiam, e embora tivesse detectado algumas vezes o gosto amargo no hálito e nas roupas do Pobre Reggie, na verdade, ele nunca vira o Pobre Reggie com um copo ou garrafa daquilo nas mãos.) Le Colonel também tinha lá seus acessos de loucura, calados e duradouros períodos de melancolia em que se afundava tanto, que Bruno sentia a ausência de suas canções como uma espécie de tristeza, embora nem se comparasse com a tristeza que sentia agora, tendo perdido seu menino, Linus, que cantava em segredo, só para Bruno.

Era uma das velhas canções de Linus, a canção do trem,

que estava deixando Kalb louco, de um modo que Bruno não entendia inteiramente, mas de que gostava e, é preciso admitir, até encorajava. Kalb vinha até Bruno no poleiro, com uma folha de papel na mão e um lápis na outra, e pedia que ele cantasse a canção do trem, a canção dos vagões. O quarto estava cheio de folhas de papel, que o homem cobria com marcas de garras, marcas que Bruno sabia representarem, de um modo cujos princípios ele arranhava mas nunca chegara a dominar, os elementos, simples e contagiantes, da canção do trem. Às vezes, o homem saía do quarto que dividiam e voltava trazendo um pequeno maço azul de papel dobrado, que ele abria como se fosse comida e esvaziava esfomeado todo seu conteúdo. Invariavelmente e para irritação e perplexidade de Bruno tais conteúdos eram sempre outra folha de pequenas marcas. E então os pedidos e ameaças recomeçavam novamente.

Agora, o homem estava parado ali, descalço, sem camisa, só com uma folha amassada de papel azul com marcas na mão, resmungando. Ele chegara pouco antes, ofegante de ter subido a escada até o quarto mais alto e exalando o seu cheiro forte e característico de ave morta cozida.

"O tema da estrada", ele ficava dizendo a si mesmo, amargamente, na língua do menino e de sua família. Este homem sabia falar também na língua do Pobre Reggie e da família *dele*, e uma vez veio um visitante — a única visita — com quem o louco tranquilamente conversou na língua de Wierzbicka, cuja memória Bruno sempre reverenciaria, porque tinha sido Wierzbicka, o alfaiatezinho de voz triste, quem vendera Bruno à família do menino, numa transferência que Bruno experimentou, sem bem saber na época, mas desde então retrospectivamente e, certamente depois de perder Linus, como o sentido e a plenitude da errância sem sentido de sua longa vida.

"Não existe tema nenhum!", disse Kalb. Baixou a folha de

papel azul e fixou seu olhar de louco em Bruno. Bruno colocou a cabeça num ângulo que, entre os de sua espécie, teria sido entendido como eloquente expressão de sardônica intransigência, e aguardou.

"Que tal algumas *letras* para variar?", disse o homem. "Você não sabe nenhuma letra?"

Letras era, na verdade, um conceito que ele podia alcançar, ou que de algum modo ele reconhecia; era o nome dos brilhantes maços de papel que os homens abriam tão esfomeados e observavam desesperadamente com os olhos brancos arregalados.

"Alfabeto?", tentou Kalb. "A-bê-cê?"

Bruno segurou firme a cabeça, mas seu coração acelerou com o som. Ele gostava de alfabetos; eram intensamente prazerosos de cantar. Ele se lembrava de Linus cantando seu alfabeto, na voz pequena e errática de suas primeiras vocalizações. A lembrança era pungente, e a vontade de repetir seu ABC borbulhou e cresceu dentro de Bruno até quase subjugá-lo, até suas garras sofrerem com a falta do ombro magro do menino. Mas ele ficou em silêncio. O homem piscava, respirando firme e nervosamente, pelo bico pálido e mole.

"Ora, vamos", ele disse. Mostrou os dentes. "Por favor. *Por favor.*"

A canção do alfabeto cresceu e se espalhou, enchendo o peito de Bruno. Como se podia dizer de todos da sua espécie, havia dentro de si algo ferido, que quando cantava era pressionado e fazia com que se sentisse muito bem. Se cantasse a canção do alfabeto para o homem, a dor da ferida passaria. Se cantasse a canção do trem, que ficara mais vívida e por muito mais tempo em sua mente do que qualquer uma das milhares de outras que ele cantava, por razões incertas até para ele mesmo, mas tendo a ver com tristeza, com a tristeza do seu cativeiro, da sua errância, do encontro com o menino, tristeza dos vagões, do pai e da mãe do menino e do silêncio brutal que tomara conta do menino depois que eles foram tirados dele, aliviaria então a ferida. Era uma bênção cantar a canção do trem. Mas a do alfabeto serviria. Ele podia cantar só um pouquinho, só o começo. Seguramente aquilo não teria serventia nenhuma para o homem. Arregalou o olho esquerdo em direção a Kalb, desafiando-o como vinha sendo desafiado por ele há semanas.

"Não existe tema nenhum", Bruno disse.

O homem deixou escapar um assobio suspirado de ar e levantou a mão como que para bater no pássaro. Bruno já havia apanhado antes, diversas vezes ao longo dos anos. Fora estrangulado, sacudido e chutado. Havia certas canções que provocavam tais reações em certas pessoas, e aprendia a evitá-las, ou, como no caso de um pássaro tão inteligente como Bruno, escolhia a hora de cantá-las. Era possível atormentar *le Colonel*, por exemplo, com a mera repetição judiciosa, na presença de sua esposa, de certas observações escolhidas da *petite amie de le Colonel*, Mademoiselle Arnaud.

Ele levantou a garra para evitar o golpe. Preparou-se para arrancar um suculento pedaço de carne da mão do homem. Mas em vez de bater nele, o homem se virou e foi se deitar na cama. Isso era um bom progresso; porque se o homem dormisse, aí Bruno poderia se permitir cantar a canção do alfabeto, e também a do trem, que ele cantava, é claro, na voz secreta do menino, como o menino havia cantado para ele, parado na janela dos fundos da casa do Herr Obergruppenführer, contemplando os trilhos da ferrovia, vendo os contínuos trens passando até chegar no local onde o sol nascia do chão todo dia, cada parte do trem tinha aquelas marcas de garras especiais, que eram a letra interminável da canção do trem. Porque Kalb parecia querer tanto escutar a canção do trem, Bruno agora tomava cuidado para só cantá-la quando o homem estivesse dormindo, com a instintiva

97

e deliberada perversidade que estava entre as virtudes mais valorizadas por sua espécie. O som da canção do trem, nascendo no meio da noite, tiraria o homem do sono, direto para rabiscar com o lápis e o bloco. Quando por fim ele acordava, sentando-se à luz da lâmpada com o lápis agarrado nos dedos, aí — é claro — Bruno parava de cantar. Noite após noite, a performance se repetia. Bruno vira homens serem levados à loucura, a começar pelo holandês da ilha de Ferdinand Po, naquele calor, com o zunido incessante das cigarras. Ele sabia como fazer aquilo.

A campainha tocou lá embaixo, longe do quarto abarrotado de Kalb. Bruno ouviu, e depois, como sempre um instante atrasado, o homem ouviu também. Levantou-se, cabeça empinada num ângulo que entre papagaios significaria discreto interesse sexual, mas que entre macacos denotava vigilância. Kalb estava sempre atento ao entra e sai da casa, onde dezessete outros humanos, seis deles fêmeas, viviam, em quartos separados, só raramente trocando canções. Bruno pôde ouvir nove outros humanos agora, ouvira seus rádios, seus sussurros junto à grade, o estalido de duas agulhas de tricô. E ouvira a voz da senhora Dunn, a senhoria, lá longe ao pé da escada. Em resposta veio uma voz de homem que ele não reconheceu. Então Bruno ouviu passos pesados na escada, três, não, quatro homens, junto com a senhora Dunn, mas Kalb pareceu não perceber até que as visitas já haviam passado o segundo andar e continuaram subindo.

Finalmente, Kalb pôs-se de pé num salto e correu para encostar o ouvido na porta. Escutou por um momento, depois soltou um cacófato muito apreciado por Herr Obergruppenführer quando ele se deitava na poltrona do *Papa*, no escritório dos fundos da casa, perto dos trilhos da ferrovia, e cujas botas tinham um fedor quase tão terrível quanto o cheiro do copo fatal do holandês. Kalb afastou-se da porta e desesperadamente esquadrinhou com os olhos o quarto, depois virou-se para Bruno, braços abertos, como se pedisse ajuda. Mas Bruno não tinha a menor intenção de ajudá-lo, pois Kalb não era um homem bom, de jeito nenhum. Ele tirara Bruno de Linus, que precisava de Bruno e que cantava para ele de um jeito que superava em muito todos aqueles longos anos de sofrimento e cativeiro; e, o que era pior, Kalb era um matador de homens da sua espécie — Bruno tinha visto ele atacar o chamado senhor Shane, por trás, com um martelo. Era verdade, claro, que o senhor Shane também vinha planejando tirar Bruno de Linus; mesmo assim, Bruno jamais teria desejado sua morte, e odiava a inextirpável lembrança de tê-la testemunhado.

Estava resolvido a deixar Kalb informado de que não o ajudaria, mesmo que pudesse, mesmo que entendesse o perigo que se aproximava.

Abriu o bico e emitiu, de um jeito que pressionava satisfatoriamente a ferida dentro de si, uma série de cacarejos baixos, tossidos. Essa reação ao odor característico de Kalb, embora o homem não tivesse como sabê-lo, constituía uma fiel e exata reprodução do som produzido pelas galinhas minorca que ciscavam no jardim da casa de le Colonel em Biskra, Argélia, em especial uma fêmea azul e branca cuja coloração Bruno sempre admirava.

No instante seguinte, ele pagaria bem caro a brincadeira, pois o homem pegou um saco de roupa suja e enfiou Bruno dentro, agarrando-o, desajeitada mas eficientemente, pelas pernas. Antes que Bruno pudesse dar conta da mão de Kalb, de seu nariz ou da ponta da orelha com as poderosas armas, bico e garras, boca e mão, que eram seu único orgulho, vaidade e tesouro no mundo, viu-se atirado na escuridão.

De dentro do saco da lavanderia ele ouviu o som do homem juntando seus papéis rabiscados com marcas de garras, e depois bater a porta do armário. A escuridão ao seu redor ressoou com a inconfundível vibração da madeira e ele compreendeu assim que estava sendo escondido no armário. Sentiu a cabeça bater em alguma coisa e um clarão se fez em seu crânio, vívido como as penas do peito daquela galinha minorca azul comida há tanto tempo. Depois um estrondo, como se o poleiro tivesse caído também, ao seu lado; um som suave de água caindo da latinha presa à barra. Então um estalido, como se Kalb trancasse o armário, dando sumiço em Bruno.

Bruno ficou perfeitamente imóvel, paralisado pela escuridão e a luz que se acendera em seu crânio. Quando soou uma batida na porta do quarto, ele tentou cantar, mas descobriu que não conseguia mexer a língua.

"Senhor Kalb?", era a senhora Dunn. "A polícia está aqui. Querem falar com o senhor."

"Sim, perfeitamente."

Ouviu-se o som da torneira aberta, o raspar do pincel de barba na louça. E então o estalido da fechadura.

"Senhor Herman Kalb?"

"Exato. Algum problema?"

Seguiu-se uma breve troca de canções murmuradas entre os homens, mas Bruno prestou pouca atenção. Estava muito desorientado, e os efeitos da brutalidade do homem sobre ele continuavam zumbindo em seu crânio. Aquilo o deixou perturbado, pois parecia exigir uma resposta, uma repetição, um eco — pedia troco —, e no entanto a violência era algo tão estranho a ele quanto o próprio silêncio.

"Então o senhor não tem ideia do que pode ter acontecido ao papagaio do menino?", ele ouviu um dos homens dizendo. Reconheceu a voz como sendo a daquele velho estropiado com um admirável bico de carne, que saíra batendo asas de sua toca para assustar o menino e ele naquela tarde confusa perto da ferrovia.

"Receio que não. Que perda difícil."

Estava ficando cada vez mais difícil respirar; não tinha ar suficiente dentro do saco. E então houve um momento em que Bruno sentiu que podia simplesmente parar de respirar, desistir, deixar que toda a tristeza de seu périplo cruel de cativo tivesse enfim um delicado e obscuro desfecho. Mas foi impedido afinal de fazê-lo apenas pela inesperada esperança, inteiramente alheia à sua natureza e temperamento, de afundar os talões bem fundo na pele da garganta do senhor Kalb, de arrancar fora a ponta odiosa de seu focinho branco.

"E não conhecia o senhor Richard Shane?"

"Infelizmente, não."

Embora o homem tivesse amarrado a ponta, o saco de roupas era feito de um tecido bem fino. Bruno experimentou forçar a mandíbula.

"O senhor faria objeção se déssemos uma olhada no seu quarto?"

O material ofereceu pouca resistência a seus esforços; mordiscá-lo não era nada desagradável.

"A princípio, inspetor, eu não faria objeção nenhuma, mas vocês me pegaram num momento bastante inoportuno. Uma de minhas crianças ficou gravemente doente e receio que precise ir vê-la imediatamente. Não uma das minhas, ah, *próprias* crianças, é claro — vocês devem saber do meu trabalho no Comitê de Auxílio."

Caprichosamente, como Herr Wierzbicka com suas tesouras reluzentes, Bruno fez uma fenda no saco de pano, depois uma segunda em ângulo reto com a primeira. Mordeu o canto solto e deu um puxão com força. Um discreto som de rasgado, como uma tira arrancada de um saco. Era um som interessante — *ksst, ksssst* —, que o próprio Bruno teria gostado de fazer, mas sua boca estava cheia de pano e, além do mais, o furo ainda não estava largo o bastante. De todo modo, não era fácil para um papagaio cantar quando estava tomado por uma emoção soturna como a raiva que agora sentia.

"É uma pena terrível, mas devo pedir aos senhores... vocês vieram me prender?"

"Não, não. De forma alguma."

Bruno deu outro puxão na tira, depois enfiou a cabeça pelo buraco que fizera. Houve uma alteração no tipo de escuro; ele podia ver uma fresta cintilante atravessando os cantos da porta do armário.

"E por acaso estou sob... mal posso imaginar por que eu seria suspeito de..."

"Não, não, nada disso. Mas nós *gostaríamos* de fazer algumas perguntas ao senhor."

"Então, realmente, eu terei de pedir agora que os senhores me deem licença. Preciso pegar um trem para Slough dentro de... oh, meu Deus, vinte e cinco minutos. Eu iria com prazer até a Scotland Yard conversar com os senhores. Hoje mais tarde, quem sabe às quatro ou quatro e meia? Pode ser assim?"

"Sim, claro, certo", disse o chamado inspetor, com um tom de lamento e dúvida. Ouviram-se os rangidos e o roçagar dos pés dos homens quando se viraram para a porta.

Bruno esperneou, batendo asas e arranhando, para soltar o resto do corpo de dentro do saco. Uma de suas asas bateu no poste de seu poleiro, e tendo-o encontrado agarrou o metal com força. Usando o poste como apoio no escuro atirou-se contra a porta do armário, preparado para, quando abrisse, voar na garganta do homem até arrancar sua carne vermelha.

Dessa vez não houve clarão em seu crânio; foi seu corpo que atingiu a porta, tirando-lhe o ar dos pulmões como as costas de uma mão de madeira maciça. Caiu no fundo do armário, derrotado e trêmulo, sufocando com a falta de ar. Abriu a boca para cantar sua impotência, sua fúria, seu ódio daquele homem que lhe tirara de Linus Steinman. Por um longo momento nada saiu de sua garganta paralisada. O quarto atrás da porta do armário estava em profundo, quase audível silêncio, como se ali todas as criaturas esperassem para ouvir qualquer coisa que Bruno pudesse — devesse — conseguir dizer. Um instante antes de perder a consciência sentiu, mais do que ouviu, o cacarejo gutural que brotou de si e as palavras do inspetor atrás da porta.

"O senhor está criando galinhas no armário, senhor Kalb?"

11.

O menino olhava, sério, seu paletó escuro alinhado e passado, colarinho abotoado, sua gravata listrada, da qual ele parecia ter feito o nó sozinho, balançando frouxa naquele calor. Podia estar esperando a passagem de um funeral. O velho estava no topo da escada com a gaiola, coberta, a seus pés. O trem foi chacoalhando lentamente até parar no final da plataforma. A locomotiva soltava lamentos e suspiros bovinos irritados. O inspetor ficou atrás do velho, pigarreando como na expectativa de fazer mais algumas modestas observações sobre o bom ensejo da ocasião. Ficara combinado entre os três — o senhor Panicker estava no corredor — que caberia ao mais velho a honra de devolver o pássaro ao menino. O velho achou que era justo; não apenas permitira como insistira que o inspetor Bellows recebesse e ficasse com todo o crédito pela apreensão e prisão do assassino Herman Kalb. Quanto às razões do ministro para declinar da honra, seu papel na aventura do resgate do pássaro, talvez marginal mas honesto, parecia afinal ter feito muito pouco para melhorar sua visão das coisas. Ficara sombrio e taciturno todo o trajeto desde Londres, sentado no vagão de fumantes, limpando cinza de cachimbo de suas roupas sem graça de homem comum. Pareceu ao velho que estava voltando para casa com o rabo entre as pernas.

Além da mulher e do menino, a plataforma da estação interiorana estava, com exceção do chefe da estação e duas jovens vestidas para passar o dia em Eastbourne, deserta. O filho do vigário decidira não aparecer para as boas-vindas ao pai; de acordo com o inspetor, Reggie Panicker havia ido embora de Sussex, "em busca de coisa melhor", embora o velho considerasse que talvez fosse mais caridoso dizer que Reggie tinha ido em busca de um lugar onde suas falhas de caráter fossem menos conhecidas, onde sua história infeliz não lhe fosse sempre jogada na cara, onde ele não seria o mais provável suspeito de qualquer malfeitoria na vizinhança e, principalmente, onde um vingativo Fatty Hodges não pudesse encontrá-lo.

O trem estremeceu mais um pouco até que parou de vez. O menino ensaiou subir no vagão, com um passo tão hesitante que o velho viu a mão da senhora Panicker empurrá-lo pela nuca para encorajá-lo na escada.

"Seria de esperar que ele desse um sorriso, pelo menos", disse o senhor Panicker, espanando cinza do peito da camisa. "Especialmente hoje. Meu Deus. Pelo pássaro afinal."

"É verdade", disse o velho. Ainda ponderava um pouco sobre o fato de o pássaro, até recentemente objeto de intenso interesse dos mais altos escalões do governo, ter sido liberado tão rapidamente e com aparente desinteresse da custódia oficial. Na absoluta indiferença do escritório do coronel Threadneedle para a liberação de Bruno, sugeriu-se que os códigos inimigos haviam sido alterados, tornando inúteis quaisquer informações secretas que Bruno pudesse oferecer. Tal sugestão foi proferida com tamanha firmeza que acabou persuadindo o velho de que, na verdade, algo mais profundo estava em questão. Pensou que talvez tivessem encontrado formas melhores e mais confiáveis de decifração do que um pássaro poliglota de meia-idade. "Um sorriso não seria nada mal." Na verdade o velho sentiu um forte desejo, quase doloroso, de ver um reflexo de felicidade no rosto do menino. No trabalho de detetive durante tantos anos tratara de questões de remuneração e recompensa, mas, embora estivesse agora muito além de tais preocupações, sentia, com surpreendente vigor, que o menino lhe devia o pagamento de um sorriso. Mas quando Linus Steinman se aproximou do trem, olhos fitos na cúpula coberta aos pés do velho, sua expressão não se alterou do vazio habitual, exceto, talvez, por um toque de ansiedade nos olhos, até de dúvida. Era um olhar que o velho reconhecia, embora por um momento não se lembrasse de onde ou quando. Mas talvez não fosse muito diferente da dúvida que assombrava os olhos do reverendo K. T. Panicker.

Bem, pensou o velho. Claro que ele está preocupado: ele não está *vendo* o seu amigo.

"Veja", disse ele, bruscamente, ao vigário. Ergueu a gaiola, com alguma dificuldade, e entregou-a ao senhor Panicker. O vigário começou a balançar a cabeça, mas o velho empurrou a gaiola em sua direção com toda a força de seus braços. Empurrou o vigário, não muito delicadamente, em direção à escada. Então quando o senhor Panicker hesitando desceu do trem, o velho esticou seu braço trêmulo e tirou a cobertura impermeável da gaiola, revelando com um floreio de mágico a cauda vermelha, o poderoso bico preto, os olhos pretos sem fundo.

O menino sorriu.

O senhor Panicker ajeitou o cabelo, um tanto duro. Depois virou-se para enfrentar a esposa.

"Muito bem, senhor Panicker", disse ela, e deu-lhe a mão.

O menino pegou a gaiola do senhor Panicker e colocou-a no chão da plataforma. Tirou a trava de arame, abriu a portinhola e enfiou o antebraço lá dentro. Bruno montou-lhe num passo tímido, e depois, liberto pelo menino, foi subindo pela manga azul até o ombro, de onde, num eco consciente ou acidental do gesto desajeitado do vigário pouco antes, enfiou carinhosamente seu bico nos cachos de cabelo castanho sobre a orelha direita do menino.

A senhora Panicker observou aquilo, por um momento, com um sorriso irônico e melancólico diante da visão do pássaro e do menino reunidos, como alguém que encontrasse seu par favorito de meias salpicadas de cinza entre os escombros da própria casa incendiada. Depois virou-se para o inspetor.

"Então agora ele está rico?", disse ela.

"Pode muito bem ser que sim", disse o inspetor Bellows. "Mas até onde nós — ou, devo acrescentar, o senhor Kalb — pudemos determinar, aqueles números todos do papagaio, na verdade, não são contas numeradas em bancos suíços. Apesar de Kalb ter colocado seu irmão trabalhando em Zurique para tentar rastreá-los." A senhora Panicker concordou com a cabeça. Como ela tinha suspeitado. Foi ficar com o marido, o menino e o Bruno.

"Olá", disse o papagaio.

"Olá para você também", disse ela ao papagaio.

"Duvido muito", disse o velho, "que um dia descubramos o significado, se é que existe algum, que esses números possam conter."

Não se tratava, e o céu era testemunha, de uma constatação familiar ou confortável para o velho. A aplicação de inteligência criativa aos problemas, a descoberta de uma solução ao mesmo tempo obstinada, elegante e inusitada, sempre foram para ele a essência dos negócios entre seres humanos — a busca de sentido e causalidade em meio a pistas falsas, ruídos e descampados ermos da vida. E contudo sempre fora assombrado — não era mesmo? — pelo fato de saber que havia homens, lunáticos criptógrafos, loucos detetives, que desperdiçavam o brilhantismo e a sanidade decodificando e interpretando mensagens em formações de nuvens, letras recombinadas da Bíblia, manchas das asas das borboletas. Talvez se possa concluir, pela existência desses homens, que o sentido só existe na mente do analista. Que eram os problemas insolúveis — pistas falsas e casos arquivados — que refletiam a verdadeira natureza das coisas. Que todos os significados e padrões não tinham mais sentido intrínseco do que o tagarelar de um papagaio cinza africano. De fato, pensou ele, talvez se pudesse concluir assim.

No mesmo instante o chão tremeu de leve, e na distância, crescendo conforme se aproximava, o grito das rodas de ferro contra o ferro dos trilhos. Um trem passando na estação, um cargueiro, transporte militar, vagões verdes acinzentados, levando bombas, macas e caixões para suprir os depósitos da guerra da Europa. O menino ficou vendo o trem passar por ele, diminuir, mas não parar. Observava os vagões, movendo os olhos da esquerda para a direita como se lesse enquanto passavam.

"*Sieben zwei eins vier drei*", sussurrou o menino, ciciante. "*Sieben acht vier vier fünf.*"

Então o papagaio, talvez assustado pelo clamor do trem passando, voou até as vigas do forro da estação, onde, numa impecável imitação da voz de uma mulher que nenhum deles jamais tornaria a encontrar ou ver de novo, começou, muito docemente, a cantar.

ESTA OBRA FOI COMPOSTA PELO GRUPO DE CRIAÇÃO EM ELECTRA E
IMPRESSA PELA GRÁFICA BARTIRA EM OFSETE SOBRE PAPEL PÓLEN BOLD
DA SUZANO PAPEL E CELULOSE PARA A EDITORA SCHWARCZ
EM NOVEMBRO DE 2009